Amandus und Amata sind gefangen in einem Universum, dem sie nicht anzugehören scheinen.

Amandus protokolliert seine Gedanken, Gefühle, Phantasien, Erinnerungen, Träume sowie generelle Geschehnisse auf dem schmerzvollen gemeinsamen Werdegang des Liebespaares zu Gottheiten, den sie in diesem zweiten Teil, der ohne Kenntnis des ersten gelesen werden kann, unbewußt konsequent fortsetzen.

Ralph A. Hartmann

EGO MENSURA II

Des Werdegangs zur Gottheit
Zweiter Teil

Roman

HARALEX **Publishing House**
Edinburgh
2020

HARALEX Publishing House
3 Wardlaw Place
Edinburgh   EH11 1UA

Published 2020 by *HARALEX* Publishing House

**Bibliographische Information
Der Deutschen Nationalbibliothek**

Die Deutsche Nationalbibliothek verzeichnet
diese Publikation in ihrem Katalog.

Taschenbuch-Ausgabe (2020):
ISBN-10: 1-905194-55-2
ISBN-13: 978-1-905194-55-1

Prickelnd rast zur Röhre hinunter klirrender Äther. Unbestimmbar muten die Distanzen an, in welchen das Fell sich erregt. Nicht gravierend wäre dies, so allein diesen einen einzigen Tag noch vor mir ich hätte! Hingegen es sind deren zweie. Zweifelnd schmerzen die Glieder mir. Davon bedroht, dunkle Flecken anzuziehen, ist die weiße Weste. Selbst der stärkste Wille so manches Mal versagt, wenn nicht anders mehr können die Knie als nachzugeben der Schwäche Gewalt. Egal mag das sein dem Pergamente – doch mitnichten dem Menschen, der es betrachtet. Über mich urteilt jener ohne des Kontextes Kenntnis. Und kannte dennoch er ihn, so zuckte gleichgültig er mit den Achseln und setzte stumpfen Sinnes fort das starre Zahlenwerk. Mit einem Schlage wendete sich das Blatt, wenn ihm widerführe, was derzeit an meinem Leibe zu ertragen ich habe. Nach Mitgefühl heischte er da, antizipierte Verständnis wohl dort, wo er selbst zuvor walten ließ unbarmherzige Bürokratie – das nie vergängliche Schwert mit den zwei Schneiden, das dezimale sowie das imperiale Maß angewandt je nach Bedarf; nicht auszutreiben vermögen wir es der Menschheit. Wer sich durchzuschlagen versuchte auf sich selbst gestellt, verlöre bereits, bevor wohl er begänne! Penibel horten ihre Interessen tausende von Grüppchen; geboren werden noch zahlreichere Gegensätze dabei, die zu vereinen der Möglichkeit sich entzieht. So sei vorherbestimmt denn der Krieg! Wohlan in die Schlacht ich ziehe von Neuem! Bevor jedoch ins Scharmützel ich geworfen mich habe, klafft auf meiner Stirn schon die Wunde: eine saubere Öffnung, ähnlich einem winzigen Schacht, der hineinführt in des Denkapparates Windungen. Mit einer dicken Nudel trachtete zu erkunden ich das Phänomen, da tatsächlich mir es gelang, tiefer einzudringen mit der Spitze als erwartet dies ich hätte. Wenn forscher zu Werke gegangen ich wäre, mochte gut und gerne erreicht ich haben des Schädels Knochen; allein: des Schmerzes Antizipation sowie des Lebenssaftes Quillen hielten im Zaume mich. Des Abends überprüfe regelmäßig ich das Geschehnis im Haupte. Hier sauge die Gedanken ich ein, von wo aus versorgt wird mein System. Häufig preßte dagegen ich; doch einzig löste die schuppige Haut sich um den Krater herum, und nichts man sah, was verstopfen hätte können ansonsten den Schlund. Freuden hätte bereitet ab und an ein dürrer gelber Wurm als der Belohnung kleiner Geste, daß man sich bemühte um Reinlichkeit. Hingegen darf als Verschmutzung nicht es betrachtet werden. Eher träfe der Vergleich mit einer offenen Warze es, derer nicht zu entledigen sich es gelingt, geradeso wie vielerlei Lästigkeiten, welche das tägliche Leben einem beschert; Gesetzen ähneln diese, wenngleich ständig wir spekulieren, ob nicht zu feilen an ihnen wäre, so daß verändert gestaltet sich hätte die illusorische Gegenwart. Dennoch: Zum Ereignisse ward das, was "Unfall" nennt die Menschenbrut. In den Brunnen fiel das Kind! Zum Leben kann mitnichten wieder erweckt es werden. Keine Gnade kennt die Sekunde, die der vorherigen folgt, ob nun vermeintlich Gutes oder Schlechtes sie bringt.

Den Normen einer stetig sich wechselnden Welt widerstand die Brücke nicht mehr: Traurig ragen nun ihrer Sockel Stümpfe aus den Wellen. Widerborstig visieren Konstrukteure an die Reparatur. Aus ihren Phantastereien möchte man rütteln die Planer gar: blickt auf des Bauwerks Weite doch – wollt wirklich die versenkten Bahnen ihr bergen aus des Fjordes Tiefen? Weit hinab in den schlammigen Grund bohrten die dicken Seile sich bei ihrem Sturz aus schwindelnder Höhe. Laßt ruhen das monumentale Grab, und schändet mit eurem trotzigen Vorhaben es nicht! Als ob am selben Orte ich mich befände und zugleich an einem anderen, sehe einer Bahn Ruine aus dem Wasser ich ragen. Es kann dies nicht sein dieselbe Brücke, doch deucht es mir der identische Übergang: oberhalb der lauen Wellen wippt der befestigte Pfad. Bewirkt ward der Algen Gestank von vorherrschend schwüler Hitze, als ob Winde entlassen hätte ein gigantischer Anus, die das Atmen mir erschweren. Nahe wähne dem Ersticken ich mich ob des zugleich feuchten und warmen Äthers. Das Schuhwerk benetzt Nässe mir, die über der Brücke Ränder schwappt, sobald den Boden mit einem Fuß nach unten ich trete. Als Idylle und Bedrohung vereint wirkt die Szene. Woher nur spüre die Gefahr ich sich heranschleichen? Noch herrscht Ruhe vor gefühlt sich ankündigendem Sturme. Das entgegengesetzte Gestade erreiche ich; zwar trockenen Fußes nicht, aber wenigstens mit Lungen bar der salzigen Flüssigkeit aus dem Fjord. Abermals stören seltsame Menschen meiner Gedanken Fluß. Zwei Idiome vermengen sie, ohne eine der beiden zu kennzeichnen als die ureigene. Wie Speichel eines hechelnden Hundes entweicht des Gemütes Zerrissenheit ihren Mündern: herausgebrülltes Geblubber! Geborgtes Guthaben verschwenden nach konventionellem Gutdünken sie auf schamloseste Weise. Das Soll verschmähen sie, ignorieren es, bis von limitiertem Horizonte ganz es entschwindet. Rätsel geben sie mir auf, wie an betrügerischen Automaten sich zu amüsieren bestrebt sie sind. Einen Tag schreiben wir, der de facto nicht existiert. Einer Tätigkeit geht heute keiner nach, der nächsten Woche harren alle sie – vielleicht. Wer wohl es wagt, weiszusagen, wie weiter es wird werden: wie weiland? Vorsätze fassen wie von selbst sich gar, um bald zu geraten in Vergessenheit. Zum Erwachsenen begehrt

Amandus zu formen seine Person, so nimmt er es sich vor, erwachsen in solchem Alter, da näher dem Ende er mag sein, als wenn das Ziel längst erreicht er haben sollte!

Nun brechen sie auf, die Landsleute, die keine sind und dennoch als solche erscheinen aufgrund ihrer Zungen Spiel. Lärmend zieht von dannen der Mob, dessen genaue Herkunft mir sich nicht erschließt. So fremd klang ihr Akzent, daß im Alptraume ich mich wähnte für die kurze Zeit, da mir ungewollt Gesellschaft sie leisteten. Von selbst versteht es sich, daß zuletzt das aufmüpfige Kind entschwindet aus der Zone, auf welche meine Wahrnehmung sich erstreckt. Nicht zügig genug schreitet voran dies Geschehnis. Fremd ist ihnen die Fähigkeit, ohne Aufruhr sich zu entfernen. Am zugigen Durchgange halten wie Vieh sie inne, um Einlaß zu gewähren der Kälte, damit diese noch stärker kühlt mein Gebein, das frierend ohnehin schon zittert. Es fluktuiert die Klientel. Die Sicht ins Freie genieße ich, fühle jedoch der Dunkelheit Drangsal, der schutzlos ohnmächtig ausgeliefert ich bin. Unvermeidbar bricht stets sie wieder herein, nicht allein über die Welt, sondern über der Menschheit Geist im Besonderen. Keinerlei Licht vermochte je zu erhellen des Gemütes Eklipse, was unerläßlich wäre fürwahr! Wieviele Tode wäre bereits gestorben des antiken Gelehrten Verstand, so gesehen er hätte, wie wenig Gehör geschenkt ihm ward, obgleich eifrig wie eh und je sie immer noch ihn studieren? Dahingesiecht wäre er in mentalen Koliken, hätte nie für möglich gehalten, mit welcher Stupidität sie interpretierten ihn. Wenig anders erginge dem Zimmermanne es, der über seichte Wogen wandelte in Sandalen: als weniger qualvolle Variation entpuppte da sich sein langsames Ende, zumal der Schwamm, mit Essig getränkt, als Labsal erschienen ihm wäre ob universeller Ignoranz, welche bei weiterem Verbleibe auf jenen Fluren erfahren er hätte in modernerer Existenz – wie unvorstellbar doch das Nadelöhr seitdem sich verengte aufgrund der exponentiell vermehrten Masse jener, die dort hindurchzuzwängen sich trachten nun! Bedauern möge freilich man die, welche glauben an des besseren Nachlebens Chimäre. Weite Wege allerdings noch zurückzulegen sind, bis sich durchsetzen die Tatsachen wider die Bigotterie.

Kaum noch ein Individuum bewerkstelligt es, mich zu überraschen, und zu solcher Minderheit zählen am wenigsten die Exemplare weiblichen Geschlechts. Eine Rarität schickte da sozusagen das Schicksal mir, die sich erdreistete zu schmökern in maskuliner Schrift. Des Samens Streuung für des Besten Fortpflanzung postuliert der Wälzer, und dennoch würdigt keines Blickes mich die Schöne verkrampft, als ob sagen sie möchte: Bleib vom Leibe mir, niederer Lustmolch, du! Eine derer sei sie wohl, die beim Akte sich zieren vehement. Schlimmere als mich reizte aufs Höchste sie mit derlei Gebaren, so daß Gefahr sie laufen könnte, von gewaltsamem Ende ereilt zu werden, so an falschem Orte, zu falscher Zeit der falschen Person sie begegnete – da wäre um sie und ihre Lektüre es geschehen! Anderen wünschte man dies, wie derjenigen, die einnimmt den vakant gewordenen Platz. Den Leib wärmt ihr ein arroganter Pelz. Zwei Taschen führt kontrastierend sie mit sich und spiegelt so wider dem Betrachter ihr zerrissenes Gemüt: teuer wirkt die kleine, minderwertig die grosse. Im Gespräche geifert und näselt sie gar. Sobald eine freie Ecke sie ergafft, entzieht meiner näheren Umgebung glücklicherweise sie sich. Aus intimem Geruche, welcher ihrem aufgegebenen Sitze entströmt, zieht von selbst sich der Schluß, daß sporadisch nur sie reinige ihres Leibes kritischen Bereiche. Gepflegt hingegen wirkt das äussere Mauerwerk. Solche wie sie verunstalten mit ihrem Abfalle das Gemeingut mit Bedacht. Jetzt hebt den Finger sie, um anzuzeigen, daß heißen Trank sie begehrt. Liebste, spricht einer da im Vorbeigehen, du bekommst wohl es weiter vorn, doch mußt bequemen du dich schon aufzustehen! Errungen ward da ein kleiner Sieg wider das Geltungsbedürfnis, welches unkontrolliert auszubreiten sich droht ähnlich einer Epidemie.

Vergnüglich, ohne Last, da die Stolze entschwand, darf jetzt ich mich vergleichen mit dem Gegenüber, der Silberringe trägt wie ich. In Gedanken hebe unversehens ich an, vor ihm mich aufzuplüstern: sieh' da, nicht gelang es dir, einen dickeren Reif zu ergattern, wie an symbolischem Finger ich ihn führe! Und das, obwohl auch du als Künstler dich siehst. Gibst tatsächlich dich zufrieden du mit solch schmächtigem Silbertande? Mit Noten spielst vermutlich du, wo dies mit Worten ich tue. Nun frag' ich dich deshalb, wo denn die Längen seien in deines Haares Tracht. Welch ein Philister bin ich doch, da gleichzumachen ich mich befleißige, wo anders zu sein ich selbst begehre! Das hielte mir vor der Hermaphrodit, so noch er existierte. Eins wurden wir – leider? Dasselbe denken wir, da auf solch herbstliche Landschaft ich blicke. Am Gemüte zehren des Strohs Spiralen auf spitzen Stoppeln. Mit agitierten Schritten scheuche die Krähen ich auf, die zusammen sich rotten, als ob eine Attacke sie planten auf mich, den Störenfried. Der baren Felder Idylle täuscht des Romantikers Naturell. Der Sensenmann mäht nieder jetzt das Jahr. Unbemerkt von der Menge verschwindet der Sarg, weil für die meisten das nicht zählt. Stetig setzen gegenseitig sie sich matt, ohne je gewahr sich zu werden einer stillen Solidarität, welcher sie bedürften.

Den Nächsten muß mitnichten ich lieben, wie die Moralaposteln es verlangen von mir, damit in stiller Übereinkunft mit mir selbst ich ihn respektiere; nie wird ohnehin zurück er mich respektieren! Über mich geht er hinweg, als sei abwesend ich, der als Einziger ich übrigbleibe, welcher der Anderen Bedürfnisse bedenkt in seinem Handeln, ohne wirklich Anteil zu nehmen an ihren Lebensläufen.

Über die halb gefüllte Leinwand streichen lustlos des Pinsels Borsten. Insignifikant kratzt auf liniertem Grunde der Kiel. Vergeblich kämpft gegen die rebellierende Ignoranz der Forscher, während einem lähmenden Krampfe sich nicht mehr zu verweigern er vermag. Zu stark zieht des Muskels Strang mit plötzlicher Gewalt: Gezwungen bin ich, stille zu stehen. Den widerspenstigen Leib zähmt keinerlei Position, die einnähme dessen Eigner. Gewisse Substanzen fehlen offenbar ihm gänzlich.

Den Gang nach unten erschwert mir flackerndes Licht. Mechanische Walzen drohen mich zu pressen zwischen sie. Hinaus zu den Poren quetschten sie meinen Saft, so geschehen ich es ließe. Zu meinem

Glücke widerfährt nur anderen dies, so daß als Gaffer unbeteiligt ich verharre. In solch geregeltem Maße verläuft des Daseins Bahn, daß lediglich an Schmerz sie grenzt. Das Begreifbare übersteigt die Sehnsucht nach Komplikation. Mit Langeweile infizierte das Menschengeschlecht schrittweise sich selbst: zu einfach ward das Überleben ihm, so daß unterfordert das labile Individuum sich fühlt und leichtes Spiel hat der universelle Henker im Mönchsgewand, kurzen Prozeß zu machen mit der Lebensmüden Masse. Zu Trägheit führte der allgegenwärtige Wohlstand. An Flexibilität verlieren Schritt für Schritt die Grauen Zellen, da leere Floskeln sich wiederholen in stetig kürzeren Abständen, ohne daß es bemerkte die immer ignoranter werdende Menge. Wiederkehrende Informationen trivialster Natur verdrängen relevante Erkenntnis von deren angestammtem Platze. In kaschierter Unwissenheit ertränken somit sie den Naiven.

Zufällige Böen verwirren wild das Windspiel, zwingen zu agitiert klimpernden Klängen es: Stellt abermals dies dar eine Repetition, einen tautologischen Epizykel, eine Menge gar, die selbst sich enthielte? Leere Unvollständigkeit, vollkommene Imperfektion ward auf solche Weise dem seines Idiomes sich bewußten und deswegen konfusen Philosophen beschert. Über seines Verstandes Vermögen greift hinaus die Konklusion.

Zerschlagene Splitter schrauben in verhornte Häute sich hinein, bewirken damit sprinkelnde Röte. Erst gemächlich tastet eine trockene Zunge die feuchte Rinne ab. Dann jedoch saugt an metalligem Geschmacke der Verletzte, als ob eine Quelle angezapft da ward, die niemals versiegt. Des Flusses Ende wünscht innigst sich der Schwächelnde. Zu kümmerlich ist wohl seines Atems Äther, um auszudörren die purpurne Flut, so daß fremde Hilfe ist vonnöten wie meist.

Des molligen Weibsvolks leibliche Fülle wiegt schwer auf rasendem Grunde. Die Wunde, welche unbeabsichtigt geöffnet ward, erdrücken damit leicht die Gewichtigen. Des menschlichen Burgunders Strom erstickt ohne Mühen jetzt jener Speck. Verblüffende Flanke bot folglich Rettung dem Verletzten. Weich und wülstig ist ihre

Haut. Striemen spüren die Kuppen darauf. Als Symbole mögen für eines kurzen Lebens Exzesse sie gelten; die Gier verkörpern sie, eine zu Fett gewordene Dekadenz. Hielte im Gehege man sie, machte zu komplexer Aufgabe man ihnen des Futters Aufnahme. Als nicht mehr gezwungen sie waren, auf sich zu nehmen beträchtliche Mühen, damit ausreichend Nahrung verschafft ward ihren Leibern, begann der Misere Lauf. Simpelst erwirbt der Dicke dieser Tage sich das werthaltige Pergament, welches zu großzügig man einzutauschen ihm gestattet für derlei Dinge, die seiner Hüften weiteres Wachstum sicher ihm stellen. Breiter werden aus diesem Grunde die Gräber, so daß frohlocken möge der Bestatter zurecht, da ein um den andern vormals konventionellen Sarg ihm sprengt seiner neuerlichen Toten Schmand. Besser brennen zudem die Leiber, je mehr des eigenen Öles sie in die Flammen ergießen.

Stur sträubt der Verwandte sich gegen solch finales Freudenfeuer: Furcht zerfrißt seinen ansonsten so rationalen Verstand, daß da noch etwas sei nach dessen Stillstand, den des Lebenssaftes Gerinnung im

Haupte bewirkt. Platz begehrt zu verschwenden er mit wertlosem Leichname, denn, so vertritt die kindliche Überzeugung er, niemand wisse ja mit Sicherheit, was komme, wenn zum vermeintlich letzten Male man schließe die Lider.

Es wirft die Mutter zu Beginne, wo zum Schlusse reißt der Mäher mit scharfer Klinge. Umsonst, vergeblich, für nichts denkt dazwischen der Mensch. Nun verlieh man mehr Dramaturgie der humanen Existenz, indem geschaffen ward ein Geflecht gar trügerisch aus Haß, Ohnmacht und Divinität. In des vermeintlich Bösen proklamiertem Totschlage lösen die Täuscher es auf, um der Herde zu vermitteln ihres Daseins Sinn. Mitnichten sehen hingegen sie ein, daß der Sinnlosigkeit nicht entbehrt ein jedes Ende wie etwa das eines Berühmten, der verdient sich machte im Kreise seinesgleichen über lange Zeit hinweg; da starb er nun, und sogleich ward beklagt der vorgeblich unersetzbare Verlust; Sinn verliehen habe seinem Leben er, behaupten allenthalben die Trauernden. Geschändet liegt dazu im Kontraste eine Anonyme unter vermoderndem Laube. "Sinnlos" nannten alle da ihren Tod, da man entdeckte ihren leblosen Leib. Wer maßte jetzt sich an, in Sachen "Sinn" zu schildern der beiden Fälle Unterschied? Keinen gibt sodenn es, weil ewig gilt: Egalitas in mortem! Gleich macht uns der Tod, weil ihm folgend ausgelöscht ist das Ich, welches getäuscht ward zuvor von artefakter Historie Verlauf. Dereinst wird selbst vergessen sein der grausamste Tyrann, sobald zum letzten Male am Firmamente gegen die Vergänglichkeit sich wehrt der leuchtende Bruder. Geschwinde wie ein Wimpernschlag wird zerfallen des größten Dichters Werk. Nichts bedeutete da es, falls niemand je läse diese jämmerlichen Zeilen außer mir. Verständlich wird darum des Assekuranten Testament, worin er verfügte, daß den Flammen zu überantworten seien seine Schriften. Mißachtet ward sein Wille: wie lange haben deshalb Bestand seine Alpträume in der nachfolgenden Generationen Gemüt? Reihum uns zu infizieren gleich einer Epidemie pflegt die Eitelkeit.

Dem Greis, der stolpernd fällt zu Boden, eilen willig und schnell zu Hilfe sie; liegt aber im Delirium er schon an des Weges

Rand, bekümmert keinen sein weiteres Schicksal. Mitleid erregt ein sterbenskranker Säugling, dessen Genesung arm macht einen jeden Reichen ob der Malaise Seltenheit – so erhält aber er alles, was er braucht und nimmt auf diese Weise Tausenden die Mittel, welche leicht gesichert ihnen hätte das Dasein auf längere Frist. Wer legt den Maßstab hier also an? Wiederholung an dieser Stelle droht erneut: EGO MENSURA! Über profanste Dinge gelingt der Masse mitnichten es, zu urteilen mit klarem, objektivem Verstande. Der Zerstörung Kraft erhöht jegliche Prise Metaphysik, die den Argumenten beimischen jene eitlen Kleingeister, die stets mich bedrängen und tyrannisch die Sicht mir verengen – noch nie verhielt anders es sich; einst mag gelungen es ihnen sein, Einfluß auszuüben auf mein labiles Gemüt. Seltsam dünkt gar es mir, daß einige ihrer Wesenzüge trug der Hermaphrodit. Selten nur schenkte wirklich Gehör ich ihm, so daß glücklich ich nun mich schätze, da seinen Abschied er nahm. Leise hänge ohnehin ich nach meinen Gedanken, damit ja nicht erwachen er könnte, so nicht der Todesschlummer es wäre, den er schläft. Im Vakuum weilen die Ideen mir ohnehin, während vor meinem Platze entlangwandelt ein dralles Gesäß. Langeweile haben zur Folge die Gedanken an seine Eignerin, welche Zuckerwasser begierig saugt in ihres Leibes wülstigen Schwamm, damit dieser weiter sich noch bläht, weil generell nur träge und langsam sie sich bewegt, wenn überhaupt dazu sich bequemen sie kann. Kein schlechtes Gewissen peinigt sie wie mich, der geplagt ward davon auf dem Wege hierher: dürfte wohl ich niedersetzen mich, obgleich für meinen Trank den nicht dazu berechtigenden Kelch ich aushändigen mir ließ? Die Frage stellte zurück ich beim Erwerb und wählte einen Platz. Zu aufflammendem Kriege unter den anspruchsvollen Konsumenten könnten verkommen die spärlich vorhandenen, bequemeren Sessel, deren einer gerade noch mir selbst gelang zu erobern. Zu nah jedoch steht er an der Nachbarn schalem Gerede. Wenn dort nicht bereits angelangt ich wäre, erkrankte nun spätestens ich an des Geistes Entrückung. Beati animales in spiritu! Nicht oft genug möge betont dies werden, zumal als qualvoller es sich erwies, der Geliebten zu harren, denn meines nüchternen Verstandes Vorhersage es prognostizierte zu Beginn. Denn wo befinde anders ich mich als in einem Käfige voller Narren, über die zu lachen so tragisch erscheint? Des Lebens Lauf ermattet konsistent mir die Kräfte. Erbärmlich dosiert wird Erquickung mir dargeboten, und selbst eine solche nicht selten als Enttäuschung sich entpuppt, gerade wenn des Spieles ich mich entsinne, dem so gerne zu folgen ich pflege, weil zumeist gewinnen die Verhaßten. Keinerlei Genuß bereitet also ein Spiel, so auf einer beteiligten Partei Scheitern man hofft. Die größte Freude bereite es, falls einem ungeliebten Nächsten Schlechtes widerfahre, so behauptet Volkes Mund es sicherlich mit Fug und Recht, doch zeigt gleichermaßen auf solche Weisheit, daß mit Schlechtigkeit durchsetzt sei das menschliche Wesen.

Den Magen rasch mir zu füllen, gedenke daraufhin ich im Ideensprunge. Oder soll dahin ich darben, damit nicht schwelle mein Leib? Obgleich seiner Energien zuvor ich ihn beraubte, bis nahe der Erschöpfung ich mich befand, darf nicht ungehemmt ich zugreifen bei der Speisung. Über Amandus herrsche so die Disziplin: Nicht sei es Dir erlaubt! Trotz allem regen die Glieder sich, erheben wie von selbst den Hungrigen aus seinem Sitze: Schlemmen werde ich sogleich! Gesättigt kann mitnichten ich werden, da zu Völlerei ich neige. Zu spät erreicht des Wanstes Bote die obere Stube, um anzuzeigen, daß da unten voll es sei, anders als bei jedweder schmerzenden Verletzung, die vermeldet wird ohne Verzug. Unter welcher Fehlfunktion leidet meine sogenannte sterbliche Hülle da? Wo überhaupt steckt ihr Kern, das Ego, welches dort wohl liegt in Trümmern an unbestimmter Stelle? Eines zersplitterten Spiegels Scherben mit darüber zerstreutem Schotter finde ich vor all überall. Des Reflektors Rekonstruktion verlangte nach einem Genie.

Hinaus auf die Sorglosigkeit richtet flatterhaft sich nun mein Blick: kariert wirkt ihre Mütze mit einem schirmenden Schild davor; betörendes Gift führt einstweilen ihren Lungen sie zu im Instinkte; keine Furcht kennt vor Bestrafung sie. Einer Bastonade tausend Schläge sähe vor meine

Maßregelung für alle ihresgleichen, damit sie verschwänden aus trostlosen Straßenfluchten, denen einzig man begegnet an eines größeren Ortes fransigem Ende. Kein Richter liefert ansonsten je dem ihnen angemessenen Henker sie aus. Gleich meinem Leibe zerfällt also das Gemeinwesen, gleich einem antiken Tempel, einst errichtet, um zu trotzen vermeintlicher Ewigkeit. Des Sandes Stein, aus dem erbaut er ist, bröckelt allenthalben dieser Tage; langsam zu seinen Decken wandern feuchte Flecken hinauf, bis bald sodann der Einsturz ihm droht. In morsch gewordenem Mauerwerke klaffen Spalten zuhauf – niemanden kümmert gemeines Gut offenbar, wo einzig das eigene zählt. Ob solchen Mangels an Heiterkeit ermüde zusehends ich, in einer Geraden erstarren darum meines Mundes Winkel – entleert sind seit Langem schon der Tränen Beutel ohnehin; nichts vermag zu füllen sie mehr. Erstumpfen fühle die Sinne ich, weil an einem Ziele es ihnen mangelt, auf das richten sie sich könnten wie etwa einen hellen Horizont, den zu erreichen es gälte. So einen solchen es gäbe, was böte meiner Wahrnehmung dahinter sich dar? Der Monotonie weiterer Horizont? Weshalb als Ziel das Ende bleibt, welches nicht sein kann ein Ziel, woraus folgt, das menschliche Existenz widerspricht sich selbst – wie zu beweisen war. Wenig hilft hier mir die Mathematik, wo Trost sie spenden sollte; im Gegenteile erhöhte die Langeweile sie dem versagenden Denker. Fremd ist der arithmetischen Weisheit die Spontaneität – zu finden einen Beweis, mag kurzzeitig befriedigen den Suchenden, dessen Gemüt umgehend aber wieder ergriffen wird von des Einerleis Tentakel. Zu kurz währt Genugtuung allenthalben. Womöglich verhält mit Omega anders es sich? Ruhe erfülle da den Raum, sobald vergangen sei alles und jeder – Amen!

Wie schwer doch wiegt des Bewußtseins Last auf meinem Wesen! Zu stählen vermag den Leib ich mir, hingegen keinerlei Übung es gibt, die den Verstand wohl härtet gegen des Zweifels hinterhältige Attacken.

Es schwindet des Tages Licht, obgleich erst lockt die Essenszeit. Vor meiner Sicht die Lettern verschwimmen, so daß dem

Blatte das Antlitz ich nähern muß. Dennoch gestaltet die Aufgabe nicht simpel sich, zumal das bislang Gekritzelte schwer nur zu entziffern ist, da mich einholte die eigene Ambition, zu viele der Wörter für mein alterndes Augenlicht zu drängen auf ein einzelnes Blatt. Nun zwingt den Schreiber zur Buße der Buchstaben Winzigkeit, obschon ästhetisches Wohlgefallen empfinden möge ein objektiver Betrachter bei des regelmäßigen Schriftzuges Schau. Zu derartig harmonischem Erlebnisse steht in krassem Kontraste des aufrichtigen Lesers Eindruck von des Geschriebenen Kohärenz.

Wieder springen zur Entspannung die Pupillen hinaus in die Welt, vorbei an künstlichem Grüne, das nicht zerfällt zwar, aber durchaus verstaubt und somit erblaßt. Moos bemächtigte der Pflastersteine sich: nicht alleine ihrer Ritzen, sondern der gesamten Fläche. Folgerichtig rutschen die Menschen bei Feuchtigkeit – es gähnt geduldig und doch gelangweilt dabei des Zerfalls Abgrund. Nicht mehr allzu lange währt seine Wartezeit. In Moll geht eine Geige gar bis zur obersten Grenze, um zu bestärken das Bestreben nach Beständigkeit hin zu ewiger Existenz. Tatsächlich sehen diese wir verborgen im Kinde, dessen Glieder wachsen der Regeln gemäß und so sich beugten der konstanten Veränderung. Wenn nichts mehr sich bewegt hernach, verlangt der Wille, daß dies doch wohl noch nicht gewesen es sei: so gedenkt er denn, weiter sich auszudehnen, und bahnt mit rücksichtslosem Ehrgeize durch der besonnenen Rechtschaffenheit fragil gedeihendem Garten seine häßliche Straße.

Zur Braue führt den Finger mir der Depression Gewichtigkeit. Das Gemüt beruhige ich, indem die Borsten ohne Unterlaß ich zupfe. Wohliger Komfort, den mir gewährt der breite Sessel, wird unterstützt von melodischer Konsonanz. Der bunten Kugeln Karambolage auf makellosem grünen Grunde verschafft weitere Besänftigung dem rastlosen Verstande.

Die Stirn in Falten gelegt, lausche einem Freunde ich, da seiner Stimme Klang mir hervorbrachte die Erinnerung. O nein, dachte ich und sprach ebenfalls es aus in unbedachter Reaktion. Allein: wohl bemerkte meine Ehrlichkeit er nicht und deutete als unmittelbare Begeisterung es ob seiner Botschaft: Vater wird der Arme! Zu sanktioniertem Standard trieb die Gesellschaft ihn – der Bleibe Eigentum, Heirat und Kind. Sein Weib, das als sehr vernünftig ansonsten ich kenne, gab dem Impulse sich hin, den eingepflanzt ihr hatte die Ungeduld. Bald wäre verjährt ihres Leibes Disposition zu gesunder Empfängnis. Nun stand er da vor mir, der Freund, vermutlich ratlos, wie zu halten es sei mit des Brotes Erwerb für ein zusätzlich zu fütterndes, hungriges Maul. Brechen könnte ihn das Wurm, ihn und seine Liebe. Vertreiben wird allerdings es ihm die Langeweile. Gefährliche Gedanken löscht der drohende Nachwuchs ihm. Sobald zur Welt kommt das Gör, gestattet kein Aufatmen mehr die knappe Zeit. Erst mit dem Kinde stürbe die Sorge, doch zum größten Alptraume geriete der Mutter dies, denn sorgen will um den Nachwuchs sie sich in jeglichem Sinne, wie der Instinkt es abverlangt ihr. Warum sonst sollte solche Bürde sie tragen im Leibe wie auch im Geiste? Behaglich deucht alleine mir die Langeweile am Ende: so Du nicht weißt, etwas anzufangen mit Dir, lege nieder Dich, schlummere wohl und laß' betören Dich von Deiner Träume wirrem Geflechte! Jedoch winken gar häufig jene mit Wirklichkeit, auf die gerne man verzichtete. Wunderlich mag einem es erscheinen, daß in derlei Gespinsten ein neues Leben man führte, aber dennoch wissend dieses durchwandelte: unbekannte Dinge, die geschahen in der Vergangenheit, sind plötzlich da einem vertraut! Hingegen, wenn die Lider wieder man öffnet, wird gewahr man sich, daß jenes andere Dasein nicht sei das, in welchem tatsächlich man befindet sich. Den Seelenwanderern bieten derlei Phänomene ein Fest: Laß' hypnotisieren dich von mir, und sehen werden wir, wo und wann du warst bereits! Wie wollen in solche Trance sie versetzen mich, ihren Antagonisten? All das, was erfährt der öffentliche Mensch von ihren Methoden, um herbeizuführen den angeblich künstlichen Schlummer mit offenen Augen, bedeutet Humbug dem Aufgeklärten. Weder zu lähmen und noch weniger zu zähmen vermögen derlei Kindereien meinen reifenden Verstand, zumal stets wach er bleibt. Erst wenn von außen dessen Materie sie beeinflußten, könnten habhaft sie werden seiner. Meines Wahnsinns einziges Element bildete der Hermaphrodit, den wohl nicht mehr zu fürchten ich brauche. Selbst in den weniger lichten Augenblicken, da in Erscheinung er trat, transzendierte mitnichten er die Harmlosigkeit. Mein Wille sei die Welt und meine Vorstellung: ausgeprägt genug sind meine Fertigkeiten, um auf zufriedenstellende Weise darin mich zu bewegen, um zurechtzukommen dort. Längst gab die Suche ich auf nach dem Nichts, weil das Ich ich fand. Einem unvollendeten facettenhaften Rätsel gleicht das Gemälde: zerrissene Ausschnitte haften auf solidem Fundamente, der unverrückbaren Gutmütigkeit, die mitunter nicht man anzumerken mir vermag. Wann immer rein per Zufall sich zeigt ein neues Teil, fügt ohne Schwierigkeit an die vorgesehene Stelle es sich. Nun frage wohl ich mich, wie weit fortgeschritten dies Rätsel sei. Fortwährend scheitere beim Versuch ich einzuschätzen, wie lange weiterhin seiner Vollendung zu harren ich habe. Fest steht einzig, daß noch nicht ich erkenne das Bild. Der Farben Harmonie jedoch ergibt jetzt sich schon ganz offenbar,

zumal kein dunkler Ton bisher sie belaste-
te. Es dominiert das Licht, der Erleuchtung
Metapher. Kann dies gar sein der Geist,
dem beschert werde Erfolg in seinem Streben nach Wissen? Dann würde niemals fer-
tiggestellt das Meisterwerk. Erkenntnis systematisch zu akkumulieren gedachte in
jungen Jahren ich, doch bald gab mein Bemühen ich auf, getreu des Alten Meisters
berühmtestem Protagonisten: Wissen können wirklich wir nichts! Zu ultimativer Ignoranz verdammt die Sprache uns mit ihrer Unvollkommenheit, womit abermals
der Wiederholung schuldig ich mich mache – repetitio ad infinitum! Täglich repe-
tieren auf diese Weise die Dinge sich ungewollt. Erneut drängten in einem Schlan-
genknäuel die Menschen sich, da ihre Be-
sorgungen sie erledigten. Gerne sehe denn
vom Tagwerke ich mich befreit, wenn die
Mehrheit nachzugehen ihm hat. Leer an
Personen finde in solchem Falle ich die
Plätze vor, was Erholung mir verschafft, indem der Individualität Illusion ich hingeben mich darf. Nicht erst an vorigem Tage
verschwand die Einzigartigkeit, und doch
sähe jedermann am liebsten sich als Uni-

kum, dem zusteht ein beliebiges Privileg. Wird dieses ihm verwehrt von Gleichgesinntem, so beschimpfen hemmungslos einander die beiden. Wohl wundert da der Beobachter sich, daß größtenteils in Frieden die Menschheit lebt. Schlachten, martern möchte die andern förmlich man, so den Weg sie versperren einem. Furchterregende Blüten treibt da der Aggression Saat, so daß kaum eine Rolle zu spielen mehr scheinen die Nationen.

Mich zu lüften von meinem Sitze, kränkt nun mich sehr, da zunächst hinauszubegeben ich mich habe in die Nässe, bevor die Messer ich wetze für des Konsumes Schlacht, die schadlos zu überstehen es gilt. Nicht genug des Schauers: mit hoher Geschwindigkeit bewegen sich fort die Lüfte, so daß voran sie treiben die Tropfen in faszinierender Formation. Bald schon spüre die Feuchtigkeit hinunterrinnen ich am Nacken. So suche Schutz ich folglich unter dichter Überdachung. Pech beschert die Ballustrade mir, indem ein dickes Exemplar von ihr sich stürzt auf mein nurmehr spärlich mit Haartracht bedecktes Haupt, wo fett es zerplatzt. Gering nur ist des Li-

quiden Menge, doch bereitet umso größeren Verdruß sie ihrem Opfer, dem wie Lebenssaft an Schläfe und Wange hinab sie
trieft. Die Locke, mühsam toupiert, zerstörte das Luder auf einen Streich, für den genug nicht war auch nur ein einziger kurzer
Wimpernschlag.

Schweigsamen Trost spendete Amata
mir danach: wortlos bewunderten hinter si-
cherem Gemäuer der Wolken Rückzug wir
vor aufbegehrendem Sturme. In stummer
Übereinkunft den heißen Trank wir genossen. Wären vor Äonen auf diesen Fluren
wir gewandelt, hätte solche Witterung
längst ein Ende gemacht unserer Existenz.
Memmen sind im Angesichte solcher Um-
stände wir! Allzu gerne flüchten in ge-
schützte Gefilde wir, denn wesentlich
leichter fällt uns dies als in jenen Zeiten, da
baren Fußes die Menschen wateten durch
die kalte Heide. So mancher trachtet dieser
Tage wieder, solch vermeintlicher Herausforderung sich zu stellen, scheitert dann
aber kläglich bereits zu Beginn, da des Ne-
gativen zu viel er zumutete seinem ver-
weichlichten Leibe. Wozu quälen jene sich,
da der Bequemlichkeiten Vielfalt freimütig

bedienen sie sich könnten und offenbar
verloren des ursprünglichen Stammes Resi-
stenz? Der Zügellosigkeit Gefahr sei vorzubeugen mit solcherlei Symbolen, belehren
sogleich den Normalen die Gutmenschen,
welche zu zahlreich bereits uns umgeben,
wie jenes Weib, das in den Sinn mir da
kommt: als die Geliebte zum Mahle ich ge-
leitete, erspähte aus meiner Augen Winkel
ich, wie eine Blagenkarre vor sich her es
schob und geräuschvoll öffnete eine Pforte.
Gläser trug auf der Nase die junge Frau
und lächelte ein Grinsen der Überlegenheit, als ob zu sagen sie begehrte: Seht her,
eine Mutter bin ich mit ihrem Kinde! Die
einzige Mutter auf Erden, der wohl es geziemt, besser behandelt zu werden als der
schnöde Rest, der wagt zu überschreiten
diese Schwelle! Zugewiesen ward ein Platz
ihr und ihrem Gatten mitsamt dem unsäglichen Vehikel. Erst als vom Glase sie be-
freite die Augen, vermochte zu erkennen
man der Gutmütigkeit Fragment, das ihr
blieb nach des Sprosses Geburt. In glei-
chem Maße schlecht fiel zurück auf ihren
Geschmack des Gatten Wahl. Wie war nur
es möglich ihr, sich hinzugeben solch

glupschäugigem Zwerge? Wie kann stolz sie nun sein auf dieses, ihr gemeinsames Produkt in der Wiege? Den Fruchtbarsten erwählte sie sich, der offenbar ihr zeugte einen männlichen Sproß. Mögen mit der Sorge um ihren Jüngling glücklich sie sein in jenem Dasein. Die zahlreichen Gedanken, die wie schlingende Pflanzen um andere ich ranke, die triebhafte Neugier, welche beliebige Menschen erwecken in mir, gereichen wohl mir zu maßlosem Erstaunen, indem keinerlei Schmerz zu erzeugen sie vermögen im Haupte. So gut wie nie entsteht ein solcher, es sei denn, daß des betäubenden Trankes zu ausschweifend bedient ich mich hätte des Abends zuvor. Ein anderes Weh lähmt des Leibes Bewegung an diesem Tage mir, das nicht allzu oft ich empfinde: meinem Willen entzieht das untere Rückgrat sich, macht eines jeden falschen Schrittes, den mutig ich wage, mich gewahr; nichts nützte besondere Vorsicht dem Providenten hier. Zu überdenken sei aus diesem Grunde des Leibes Beziehung zum Verstande mit jeglicher Stunde, die voll der Qualen man verbringt und einen des Alters Gebrechen erahnen läßt, die ohne Zweifel nahen im Sauseschritt. Sie zu vergessen, übe ich mit des Körpers veränderter Position. Weit gefehlt: leise ertönt mein Name, ausgesprochen von eines Weibes zarter Stimme. Nett meint es jene Maid mit solcher Zurückhaltung, welche jedoch betont des Ortes bedrückende Ausstrahlung. Wieviele Existenzen hauchten heute hier ihren letzten Atem, segneten das Zeitliche somit? Wieviele Tragödien spielten in anderen Räumen sich ab, da diagnostiziert ward das unausweichliche Ende? Frohen Mutes darf da ich sein, flugs verlassen zu dürfen jene deprimierenden Hallen bis kürzer wieder währt die Helligkeit. Ruhevolle Trance mache nun vergessen das Trauma, dem dort ausgesetzt ich war!

Je kürzer wird die Frist, bis abermals nachzugehen ich habe dem Tagwerke, desto unruhiger verhält das Gemüt sich ohne triftigen Grund, zumal die potentielle Langeweile mir vertreibt des Brotes Erwerb, indem der Menschen Observation ich hingeben mich darf in einer Weise, wie mir es beliebt allein. Da darf etwa für die Schlechten durchaus ich herbeiwünschen das Ende, obwohl nach solchen Hasses Nu prompt ich hinwegblase derartig dunkles Sinnengewölk und Trost suche in der Hoffnung, daß eher früher denn später jene bösen Kreaturen ihre gerechte Strafe erleiden ich sehe. Nach dem grausamen Spektakel lechzt blutrünstig der zu Rächende am Fuße des Schaffotts! Welch' niedere Gelüste doch hegt der Mensch, den um nichts besser macht als das Tier seine Sprache! Denn es haßt nicht der Leu: er lebt! Seine Frau schickt zur Jagd er, während das Leben er selbst genießt. Zu erwehren hat einzig er sich der Rivalen, was jedoch keinerlei Sorge ihm bereitet, da deren Begriff er nicht kennt. Solch glücklich Dasein möchte wohl man führen! Zur Jagd könnte die Geliebte also ich entsenden, wenn kein schlechtes Gewissen dies bereitete mir, ein Gewissen, das die Sprache mir schenkte wie auch ein Gemüt, dem Schmarotzertum nicht gut steht zu Gesichte. So beklagte sich denn eben ein Freund über die Niederen, welche sich ihr Leben versüßen auf unsere Kosten. Rütteln möchte man ihn und lauthals dabei ihm raten: Dann tu's doch auch, Du Jammerlappen! Wenn denen man helfen will, die unversehens hart traf das Schicksal in der Tat, dann ist ebenfalls gezwungen man zu unterstützen der Unehrlichen, Faulen Menge! Zu derlei Dimensionen vermag nicht emporzusteigen sein limitierter Horizont. So nähren rückständig hierzulande sie im Paradoxon den Egoismus.

Stur glotzen die Ziffern. Im Nu, da den Instrumenten sie entströmen, verhallen die Töne. Dumpf schmerzt dabei das Gesäß. Langsam nur füllen die Extremitäten wieder mit des Lebens warmem Safte sich. Einstweilen entfliehen die Ideen dem Verstande. Drastisch rationiert ward die Inspiration in einer Umgebung, die vielmehr einlädt zu erholsamem Schlafe. Zur Ermüdung zwang freien Willens ich meine Glieder. Auf sämtliche Energien griff zurück der schonungslose Lauf. Was hingegen er vollbrachte an Gutem, wird schwerlich nur mir glauben die Geliebte, da nicht in meinem Leibe sie steckt. Jener pflegt selbst zu regenerieren sich durch erhöhte Aktivität. Den Schmerz stillende Substanzen muß erzeugt er haben, denn gemütlich zu räkeln in bequemem Sitze vermag ich jetzt, während aufdringlich eine Elegie vor mir jammern die sonoren Saiten. Müde senken schließlich meine Lider sich. Nach meinen Beinen schnappen bemooste Amphibien mit scharfem Gebisse. Behende waren klaren grünen Wassern sie entschlüpft, welche zuvor eingeladen mich hatten zu erfrischendem Bade. So einen Nu länger bloß gezögert ich hätte, wäre der wilden Kreaturen Fang gewesen mein zartes Fleisch. Zur rechten Zeit war erschallt der Warnruf aus des Heeres Reihen. Handgewirkte Schilder und Standarten erkenne ich da aus antiker Ära. Durchweichtes Sandalenwerk den Schritt mir erschwert, da ein eiserner Panzer mit fester Schnürung meine Atmung hemmt. Wie sollte mit derlei Last am Rumpfe über die Tiefe dort ich schwimmen neben der Brücke? Seine Lanze schleudert auf das sich schlängelnde Biest der Kamerad. Erbost zischt durch die Nüstern es. Gespalten ward das Auge ihm mit des Speeres Spitze. Fest hält der Werfer seiner Waffe Schaft, zähmt geschickt des Reptils Zucken, dessen letztes Aufbäumen damit, bis entschlossen weiter er stößt das letale Metall in das lange grüne Haupt. Verschwitzt spielen des Soldaten Muskeln in gleißendem Lichte. Im Triumphe gilt sein

Lachen mir: schulde mein Leben ich ihm?
Nichts hat gut er bei mir, denn aus purer
Lust tötete er das Tier und keinesfalls, um
mich zu bewahren vor meinem sicheren
Ende. Nenne danach weiterhin einen Kameraden ich ihn? Insgeheim will jenen Titel ich ihm versagen, doch nach außen muß
ordinär zurück ihm lachen ich ins Gesicht
und lobend ihm klopfen auf seine breiten
Schultern: Gut gemacht! Nicht besser verdient's das Ungeheuer! Danke, Freund, Dir,
zu rächen mich war großmütig von Dir!
Zumute wäre nach einer Schelte mir gewesen, selbst wenn ein Monster gar es war, so
hätte doch den Tod nicht ereilen es sollen
auf diese grausame Art. Einen Angriff auf
das ureigene Revier verteidigte es aus seiner Sicht. Und falls dies nicht es war, befand auf der Jagd es sich nach angemesse-
ner Beute, welche vorläufig gesichert ihm
hätte die Existenz wie auch den seinen.
Stattdessen verendet der Nachwuchs jetzt
ihm jämmerlich. Verzeihen ist des Menschen Stärke nicht. Stumm bleibe gegenüber dem Mörder ich und feige, ertragen
zu müssen eines Ausstoßes Schande, wel-

che ansonsten mir drohte von jener Gemeinschaft.

Beständiges Geschwätz erweckt mein ruhendes Gehirn. Licht dringt hinüber zu mir von der Flanke: vergeblich tagen dort sie stundenlang! Nichts Vernünftiges käme da auch zutage, so tagend an selbigem Tische sie nächtigten! Gewählte Betrüger darf ungestraft man sie nennen, denn nichts leisten sie für die Taxe, welche dem Bürger man abverlangt für ihren Unterhalt. Wenn auf großem Parkette in die falsche Richtung sich bewegen die Dinge derart, wie ist dann um den kleinen privaten Bereich es erst bestellt? Des gutmütigen Tyrannen harre ich deshalb stille, der nicht es mir gestattet zu verlassen meine eigenen vier Wände des Nachts, sobald die Glocke schlug ein Dutzend Male. Wohl verwirke meine Existenz ich, bevor das passiert.

Mit atemberaubenden Tempo fluktuieren Belegschaften, da als Mangelware gilt das Tagwerk. So wich etwa einer häßlichen Alten das hübsche Mägdelein. Früher als unter seiner Herrschaft öffnet dieser Tage sie den Laden. Den drängelnden Lieferanten gab offenbar sie nach. Nichts versäum-

te ich deshalb, zumal wenig Wonne bereitet es mir hätte ihr zuzusehen, wie im Unterschiede zur Vorgängerin sie anstrengte
sich. Warum nur reizt zu Phantasien sie
mich nicht?

Lästig plagt an der Lippe mich ein Geschwür, welches eher inspiriert die Vorstel-
lungskraft als jenes alte Weib. Melodrama-
tisch malt jetzt der Hypochonder sich aus,
wie einen Besuch er abstattet dem Quacksalber, der ihm sogleich bescheinigt die letale Malaise. Zu küssen vermag fortan ich
nicht mehr die Geliebte, zumal am Maule
mir herumzuschneiden haben die heilbrin-
genden Messerwetzer. Trotz allem wächst
mehrfach umfangreicher nach die Ge-
schwulst, was besiegelt mein Urteil. In aller
Eile regelt da seines abgekürzten Daseins
Dinge der Todgeweihte erleichtert, daß
ihm naht das Ende berechenbar. Schwerlichst jedoch wird verkraften es die Geliebe-
te. Kostbar deucht jeder Nu mehr ihr mit
dem Siechenden, obwohl sie beitrüge zu
seinen höchsten Leiden. Gegen ihren Willen also setzte das Datum ich, um zu erlan-
gen allerletzte Gewißheit. An dereinstigem
Tage begehrte ich, einen Schluß aufzu-

zwingen meinem elenden Dasein. Keine Überraschung wollte in unendlichem Schmerze ich erleben. Ob dann Gesellschaft sie mir leistete in meinen finalen Momenten? Es kommt hingegen, wie kommen es mußte aus Erfahrung: Binnen Wochenfrist verabschiedet unauffällig sich das Geschwür und rascher gar noch die Erinnerung an des Endes traumatische Hypothese. So setzte dem Klimperer ich mich gleich, der das Leben sich abzukürzen gedachte in allzu jungen Jahren, da noch keine Berühmtheit erlangt er hatte. Was wäre durch den Kopf ihm wohl gegangen, so im Augenblicke des Versuchs man berichtet ihm hätte, was noch ihm blühte in der Zukunft, so weiter er währte in Tapferkeit? Gar seltsam deucht also einem der Todeswunsch, welcher doch ermangelt den meisten, zumal sicher wir sein dürfen, daß trotz alledem das Paradies wir vorfinden hier auf Erden und nirgendwo sonst. Sogleich, da ich gerade schrieb diesen vermaledeiten Satz, bereue ich es, zumal wiederholt Böses mir widerfuhr, was in Wallung bringt den Lebenssaft. Keine Grenzen kennt die Niedertracht derer, die freund-

lich des Morgens anlächeln den Vertrau-
ensseligen, aber ohne Skrupel den Dolch in
den Rücken ihm stoßen beinahe zur selben
Zeit. Zum Wunder geriet so die Tatsache
mir, wie gesund an Leib und Verstand
noch ich da betrachten mich darf. Und
welch' Wunder ebenso: ein Weib ist abermals es, das Verdruß mir bereitet! Durch
die Hallen wandelt die Magd gleich einer
Wurst auf Stelzen, nimmer müde den
Schein zu wahren vermeintlicher Eleganz.
Den zu atmenden Äther verpestet mit ver-
modernder Vulva sie mir: mutig derjenige
sei, der wagt, sie zu besteigen! Als Verschwendung muten an ihre Mühen, die
Haartracht zu variieren mit eines Mondes
Lauf, um der Jugend Erscheinungsbild zu
wahren auf Dauer. Längst verlor den Krieg
sie gegen die Häßlichkeit. Büßen lassen
sollte man sie ob der Pein, welche dem normalen Gemüte sie bereitet durch ihren Anblick allein! Einzig die antike Front eilt
zum Troste herbei: Beati Pauperes Spiritu.
Nicht besser weiß sie es, arm ist sie an des
Verstandes Kraft. Geschwinde passe zumeist ich mich an, vor allem dann, wenn
zu kostspielig heraus sich stellt der Kampf

gegen das Aussichtslose. Was bedeutet es, so die Schlechten gewinnen? Was bedeutet überhaupt das Wort "Gewinn"? Dem Stärkeren gesteht dessen Überlegenheit zu ein Schwächerer. Auf diese Weise schließt sich ein zusätzlicher Kreis: wenn nicht einsehen mag der Schwächere, daß unterlegen er ist, zeigt Ambition und Ehrgeiz er, was gleichzusetzen sei mit Krieg. Den Frieden liebt also der Schwächling nur. Bestrebt ist hingegen der Starke, unter Beweis zu stellen seine Kraft, damit seine Überlegenheit er wahrt. Unbegrenzt sind in ihrer Zahl die Mittel dazu. Erlaubt sei demnach alles, um unterdrückt zu halten den Schwachen. Zu fremder Zunge Wort wandelten der Barmherzigkeit Buchstaben sich im Kreise der kampflüsternen Tyrannen. Des Unterdrückten stete Demütigung soll lehren jenen, ja nicht aufzubegehren. Offen liegt demnach die Tragik: Nie noch sind einhergegangen in einer Person Weisheit und Macht, Stärke und Intelligenz. Immanent ist dem Starken die Dummheit, so daß während eines jeden Nus in Gefahr er sich begibt, ergriffen zu werden vom Wahn, der in den Abgrund ihn stürzt. Seine Kräfte mißt dazu im Kontraste das sprachlose Tier mit Artgenossen in purem Instinkte. Mitnichten denkt darüber es nach, weshalb in seinem Reiche Glück herrscht allenthalben sowohl bei den Schwachen als auch den Starken.

Nun blicke einer Horde solcher ich entgegen, die selbst für stark sich halten in ihrer angestammten Gruppe, doch zu aller Erleichterung entfernt die unangenehme Meute rascher sich, als ein die Ruhe Liebender erhoffen dies konnte. Andere soll nun stören der Polterer Anwesenheit. Beinahe hätte zu ihnen getrieben mich die Neugierde danach, was ihre Pläne seien. Wohl waren entflohen sie ihren Weibern aus verschiedensten Gründen. Meckern wie eine Ziege mag die eine, dümmlich sich anstellen bei jeder Kleinigkeit die andre, wild um sich schlagen eine dritte wiederum – gemeinsam erholen jetzt sich die Knaben in Erwachsenengewändern von schädlichem Effekte, den zu lange währende Strahlung aus femininer Quelle zeitigte. Um anheimzufallen unverzüglichem Vergessen, führen in mehr als ausreichenden Quantitäten sie mit sich den betäubenden

Trank. Stetig wird steigen des Lärmes Pegel, wo immer sich aufzuhalten sie gedenken.

Langsam kehrte Stille ein danach, so daß ausschließlich bemerkbar bleiben die eigentümlichen Geräusche aus Gerätschaften, welche der Mensch so gerne betreibt mit künstlich gewonnener Energie. Ein verlorenes Kichern erschallt. Sporadisch wird die Idylle bedroht von Nachtschwärmern auf der Suche nach salzig-öliger Kost und Schlaf. Die Erfahrung diktiert, daß zumindest einer jener wieder von sich gibt die Nahrung, welche er zwängte in seinen kontaminierten Leib zuvor. So hege die Hoffnung ich wohl, daß dies nicht geschehe in meiner nächsten Nachbarschaft.

Immer sollte auf diese Weise es sich verhalten: an einem Orte befinde da ich mich, wo mitnichten die Menschen sich drängen, der jedoch zugleich nicht bar ist jeglicher Belebtheit – nicht einsam sei ich dort und auch nicht überwältigt von massiver menschlicher Präsenz! Manches Mal reicht so weit gar meine Misanthropie, daß nur mit innerem Murren bereit ich etwa war zu empfangen teure Freunde, die nach Geselligkeit es dürstete. Hocherfreut und erleichtert zugleich sah dann ich sie ankommen gleich müden Kriegern, die auszehrte eine ungemütliche Reise. Wenig ihnen zu bieten, oblag glücklicherweise mir es daraufhin. Der vorangegangenen Nacht Strapazen hatte zu sehr sie erschöpft, so daß apathisch einen guten Schlaf sie bald mir wünschten. So sähe denn aus das zukünftige Ideal: Nicht ich bin es, der das Spiel ihnen verdirbt, sondern sie selbst, da andernorts zu sehr sie verausgabten sich. Der Schmach Schatten wirft über mich gewissermaßen solch Sachverhalt, zumal allzu willig und gerne ich von den beiden mich trennte. Des einen Namen kannte nur ich bisher, nie waren zuvor wir uns begegnet. Obgleich ähnlich mir vom zurückhaltenden Menschenschlage er wirkte, spürte ständig ich den Druck, ihn aufheitern zu müssen durch mein Handeln und Gespräch. Zur Schaustellerei zwang ungewollt auf diese Weise er mich, was in der Tat abgrundtief ich verabscheue. Ein netter Zeitgenosse mag ohne Zweifel er sein, doch wenn zum ersten Male aufeinandertreffen zwei Menschen und nicht in der Lage scheinen zu vereinen ihre Charaktere auf Anhieb, so steht wohl man auf verlorenem Posten beinahe. Meinen aufgewühlten Verstand versuchen nun der Orgel Koloraturen zu beschwichtigen im Hintergrunde.

Der Geliebten gestand ich es: falls mich treffen sollte des Schicksals härtester Schlag, kurz gefaßt: ihres Daseins letzter Tag, dann wünschte die Flucht in die Wohltätigkeit ich mir als des Vergessens Medizin. Deutlich machte in meiner Hoffnung ich ihr, daß der Antriebe nicht viele da seien für mich, endlos fortzusetzen diese armselige Existenz. Erfaßte den vollen Umfang dessen womöglich sie nicht, was da ich ihr zeihte? Als Einzige sehe ich sie, die befähigt wäre zu verstehen im Ansatze mein verrenktes Gedankengut. Erhaben schwebt mit ihres Geistes Kraft und Anmut sie über sämtlichen Mägden, welche je genossen das zwielichtige Privileg, geliebt oder begehrt zu werden von mir. Mag auch so manches Mal tolpatschig sie agieren oder Schwächen im Gedächtnisse etwa sie zeigen, so ändert nichts dies an ihrem verständigen, einfühlsamen Gemüte. Sogar das pechschwarz behaarte Teufelsweib, dem einst ich verfiel, wäre niemals ihr gleichgekommen. In der Biographie liegt offen der Beweis. Um wie vieles schmerzhafter hätte kommen es können, so mein Leben mit jener Satanin vereinigt ich hätte? Ungeschehen machte nur zu gerne ich es, daß mein Gemüt ich band an sie zu seiner empfindlichsten Zeit, so daß zu lösen jenen Strang ich nicht vermochte schier. Trost allein fand darin ich, daß selbst ich versicherte mir, wie solch Bund ausschließlich sich bezog auf die Persönlichkeit, wie ich sie erlebte während weniger Augenblicke vor langer Zeit – ein Nu, als punktuell zur Partnerin für eine Ewigkeit sie ward in meiner Phantasie. Dort sprang hinüber ich zum andern Kosmos, von wo aus mitnichten mehr es mir gelingt zurückzukehren in die Wirklichkeit. Jetzt hilft Amata dem Verlornen, sie, der lieblichste Mensch, den vorzustellen man sich vermag. Fehlgeleitet ist sie von einer Eifersucht, welche sie ergießt auf die falsche Person. Obgleich mit dem Geständnisse vertraut sie sich machte, erkannte offensichtlich sie es nicht. Nach der Falschen erkundigt mit spitzer Zunge sie sich ab und an, was eher beruhigt denn aufwühlt mein Temperament, das nun sich fragt: Weshalb wand die schwarze Schlange in meine Nähe sich seinerzeit, da völlig unnötig dies war? Vor die Füße schüttete ihres Herzens pathetische Trauer sie mir, nicht demjenigen, den hernach sie erwählte sich. Auf Granit hätte beißen sie sollen, nicht jedoch bei mir, dem Dummen, der aufhorchte und eine Gelegenheit witterte, zumal glänzend den Mitfühlenden ihr vorzuspielen er verstand. Zärtlichkeiten stahl schamlos sie sich wohl wissend, daß den Laufpaß sie mir gäbe des Morgens. Um in die Höhe zu treiben den Schmerz, kleidete in dem sie sich, was am liebsten an ihr ich sah. Gedachte damit meine Trauer sie zu lindern? Um wie Vieles grausamer arteten der Völker Kriege wohl aus, wenn Weiber wären die Strategen? Nie wäre zu Kriegen es gekommen, behauptet gar mancher, so Frauen gelenkt hätten der Nationen Geschicke. Welch' Trugschluß: Mitnichten gäbe sie es mehr, die Welt, im Falle, da Weiber übernähmen die Macht! Man bedenke, daß indirekt immer sie es taten ohnehin durch Männer, die am Ende sich stritten um eine Vulva auf dem Schlachtfelde! Es werde mir erklärt, was denn Besonderes sei an genau der einen, die in den Tod stürzt Tausende nur um eines Aktes Willen!

Voran rücken späte Stunden, verstummt sind inzwischen die harmonischen Melodien, die fordern, daß ich mich erhebe von meinem Sessel, um erneut aufklingen sie zu lassen. Kommen sieht es der Pessimist: in Grund und Boden werden mich versenken die beiden Burschen an folgendem Tage, da mehr Schlummer sie erlangten als ich, der über fruchtlose Dinge nach ich grüble, welche so fern liegen in der Vergangenheit, daß nicht einmal als pathetisch mehr es betrachtete der Vernünftige.

Hermaphrodit? Bist am Leben Du noch? Warum bietest Deine Hilfe Du nicht an, da wirklich von Nutzen sie wäre mir?

Wie halte nur ich es denn: wie soll den ganzen Tag ich füllen bloß für die Kundschaft, die auf Kriegsfuß steht mit der Langeweile? Einem Wiedersehen mit Amata fiebere darum ich entgegen, obschon dies gleichfalls bedeutet, daß zeitiger ich ebenso begegnen werde der Verhaßten, die das Tagwerk mir verdirbt durch ihrer modrigen Vulva Gestank.

Mit verführerischem Rufe lockt allmählich die Horizontale. Frohen Mutes, daß aller Schmerzen ledig ich sei, sobald weckend kräht der Hahn, gebe dem Schlafe willig ich nach, der letztlich traumlos nicht bleibt. Gespinste dringen ein in den betäubten Verstand, der nicht zu wehren sich vermag. Der Pforte Klinke meinte plötzlich zu vernehmen ich. Ins Schloß fällt dann die Tür, so daß ich erwache ohne Verzug. Hoch türmt sich vor mir auf ein Berg von Kissen, und dennoch zeichnen irgendwie sich ab einer Maid Schemen im Gewirr. Am Pulte steht sie bewegungslos. Schwimmend bewege die Arme ich durch die Polster, damit ich gelange zu ihr beizeiten, was nicht gelingt. Wie aus Erfahrung dies ich erwartete für einen Traum, versagt die Stimme mir, so daß mitnichten ich richten kann das Wort an sie. Keines Blickes würdigt verständlicherweise sie mich, als ob nichts existierte außer ihr sowie die Angelegenheit, mit welcher am Pulte sie sich befaßt.

An des Erwachens Tag ward berichtet mir, um wen es sich handelte, die da sich wagte einzunisten in meine Träume: abhanden war gekommen ihr die Puppe, und vielen anderen Menschen mag wohl erschienen sie sein bisher. Ein Schmunzeln zauberte sodann auf die Lippen mir die Mär – überfüllt muß sein demnach der Äther mit Geistern und deren bloße Anzahl bereits nicht faßbar für den Sterblichen! Schön sei es doch, so sagen manche, wenn man besitze solch' Phantasie! Zu aufmerksam lauert hier hingegen die Gefahr anheimzufallen dem Wahne, welcher vollständig zerrüttet das Gemüt! In nicht enden wollenden Akten setzt die Tragödie sich fort, das Trauerspiel, welches den Menschen niemals aufspüren läßt die Vernunft.

So häufig versetzt der Zorn über die Anderen letztens in Wallung mir den Lebenssaft unnötigerweise, daß ein Quacksalber sorgen sich müßte um meines Herzens Gesundheit! Und dies, obgleich nicht unlängst den Vorsatz ich faßte, in Ruhe und Gelassenheit einwirken zu lassen auf den dergestalt weise gewordenen Verstand jegliche alltäglichen Angelegenheiten, so daß endlich erwachsen ich möge werden und leben könne im Kosmos, den dann als meinen ureigenen ich beanspruchte. Stur und schlicht sprechen das Verbot dazu sie aus, indem mit ihren Stupiditäten sie danach trachten, mich zu erschlagen, was dahin mich geleitet, im Alpe mir vorzuzeichnen mein unrühmliches Ende: da verwehrte dem Lebenssafte den Durchfluß ein Pfropf im Hauptkanal, womit das Ego ich verlöre, geradeso wie Jener, den schon lange nicht mehr gesehen ich hatte. Wie gefiel auf Deiner Sonneninsel es Dir, frug unbedarft ich ihn. Krank sei einen halben Lenz lang er gewesen, erwiderte traurigen Sinnes er mir, zumal entrückte ihm des Daseins Muskel, bis bald beinahe seine Dienste gänzlich ihm versagte dieser. In des Alltags Anstrengungen ward gefunden die metaphysische Ursache hierfür. Wie viele Tode müßte da bereits gestorben ich sein, dachte bei mir ich sogleich, denn keine Pause gönnen die Dummen mir wie etwa jene, denen der Steige Schutz obliegt, damit nicht ausrutsche und falle der Bürger auf öffentlichem Geläuf. Nun werden der Pflastersteine Trockenheit wie auch deren Sauberkeit diese Beauftragten sich durchaus gewahr, doch salzen unbeirrt die Wege sie auf Gedeih und Verderb, damit ja sie ausführten den Befehl, obwohl der Notwendigkeit entbehrte solch' Handeln, ganz zu schweigen vom Schmutze, den hervor es ruft sowie von der Verschwendung, welche hierzulande zur Maxime man erkor. Trotzig übergangen wird mein Wunsch. Des vernünftigen Rufers Stimme verhallt in ihrer Windungen Vakuum.

Der Greisin speckiges Haar, welches von deren Eignerin Faulheit zeugt, harrt zudem einer gründlichen Wäsche ewiglich.

Tyrann, wo bist Du, um die Richtung zu weisen ihnen, den Dummen?

Lange warteten sie, bis Folge sie leisteten dem Alarm. Stets aber fehlen wenige Augenblicke nur der Geduld. Gut saß ich, da meines Gemütes Gelassenheit bestimmt ward von der Bequemlichkeit, sollte des Verbrennens, des Berstens Gefahr auch noch so überwältigend sein: solange ausbleiben die Uniformierten, sprach zu mir selbst ich, wird nichts geschehen! Recht behielt ich wohl. Gerade als aufgefordert ich ward, das Weite zu suchen, endete der Warnung schreckensvoller Lärm. Er, der angesprochen mich hatte, beschloß seine

Äußerung abrupt mit einem Kichern und zog umgehend aufgeheitert in seine Kabine sich zurück. Wie hält nur er sie durch, die leibliche Enge, der preis zu geben er sich hat mit jenen Mägden Tag für Tag, Stunde um Stunde? Immun gegen weibliche Reize sei er wohl zur Gänze in seiner ureigenen Welt, da zu viele von ihren Düften zu erheischen er hat. Aus der Distanz vermag zu erschnuppern ich sie sogar und verfalle fast dem Wahne dabei! Ein Kastell erbaute vermutlich der Kerl um sein teuerstes Gut! Leichter fiele natürlich es ihm, so von anderen Ufern er käme. Lege sogleich die Uniform ich an, wird in den Kerker gesperrt der Unbezähmbare, damit frei von fremden Blicken Erleichterung er sich verschaffe!

Entrückt muß derjenige sein, der aufs Spiel setzt alles, was er besitzt, für jenen Nu, und doch geschieht unzählig oft es am Tage.

Der Zunge, welche einzig mit Abscheu ich bedenke, gehören besagte Mägde an, doch weniger wichtig scheint dem männlichen Tiere dies als ihres Schoßes Gemeinsamkeit: zum Reden verpflichtet beim Akte niemand sie! Genug sei da ein wohliges Stöhnen, welches steigere die Erregung. Zu einer wahren Last wird auf diese Weise dem reifenden Manne seine stete Bereitschaft zur Paarung, die keiner Sprache zu verleugnen gelingt. Gerne legte zur Ruhe sich ein Tier, das geplagt ward durch den Trieb dergestalt! Doch es trügt die Hoffnung, da die Erlaubnis man nicht erteilte: beträchtlich unangenehmer kommt gar so manches Mal es im Traume denn im wahren Leben; von der Garstigen quälte nämlich ein Alp mich. Wie dem Alten Meister erging es mir, als er sprach vom Apfelbaume sowie dem gespalt'nen Stamme. Die Geliebte sei das Apfelbäumchen mir, voll mit den süßesten Früchten. Häßlich klafft dagegen des toten Stammes Spalt, welcher die Andere symbolisiert und Abscheu erregt in mir. Dennoch steige gleich dem Alten Meister ich ebenso hinan in Faszination ob der Häßlichkeit, mache an wüstem Loche zu schaffen mir, harre hingegen ungeduldig dem Erwachen. Weite Flächen tun vor meinem Augenlichte sich auf, Wiesen zumal, wo Kinder sorgenfrei sich hätten vertiefen können in unschuldigem Geplänkel. Polster, Kissen, bauschige Decken schmückten die komfortable Bleibe überall. Hineinsinken hätte dort ich wollen mit dem Mägdelein meiner Wahl, nicht mit dem Monster, das zum Akte geradezu mich, seines eigenen Gedächtnisses Sklaven, zwang. Nicht zu vertreiben vermochte das Animalische ich in meines Leibes Tiefen. Trotz des Widerwillens, offenbar nicht stark genug, versündigte also im Gespinste ich mich am Teuersten, was je die Wonne ich hatte zu nennen mein Eigen. Frech lachte daraufhin die hinterhältige Fratze, ermahnte drohend mich, ja dem Buhlen nichts zu zeihen davon.

Weshalb entsinne allein der schlechten Träume ich mich?

Lächelnd öffne nicht selten ich die Lider im Morgengrauen. Krampfhaft trachte sodann ich danach, die Erinnerung zu erwecken ebenfalls, an das, was Gutes da im Schlafe mir widerfuhr. Doch in des Vergessens dichtem Äther verdunstet allzu rasch das Schöne, wohingegen entstellendste Narben dem Geiste vererbt das Böse; ob wahr, ob Fiktion, einerlei sei dies: tiefste Wunden schlägt es uns!

Pathetisches Gefasel! Jetzt rüttelte zu allem Überflusse ich den Hermaphroditen aus profundem Schlummer. Inständig gehofft hatte zuvor ich, endgültig annihiliert zu haben ihn. Aber nein! Die Ohren plärrt er mir voll erneut! Prätentiös holt Atem er, um anzusetzen zu seiner Schelte. Wie ist ihm denn, da inne er hält mit zu den Flanken ausgestreckten Armen? Die Augen reißt weit er auf, die bei den Höhlen heraus zu quillen ihm drohen. Steif steht nun er da, so daß ins Licht ihm zu fassen ich vermag: zu Wachs sind erstarrt die glotzenden Kugeln unter seiner Stirn! Zu blasser Statue mit übellauniger Fratze wandelte sein Äußeres sich. Befreit bin jetzt ich von seiner spitzen Zunge Hieben. Half da mir jener Alp? Mit ganzer Kraft, die imstande ich bin aufzubringen, trete meinem größten Feinde ich in seinen steifen und stummen Rumpf. Risse knistern in bröckelndem Wachs, er bricht tatsächlich entzwei! Kreischende Ratten entschlüpfen den versteinerten Innereien, versuchen aggressiv zu überwältigen den Meuchler, der ich glücklich bin mit meiner Tat. Einen Arm breche dem Hermaphroditen ich ab, erschlage die

Pest mit aller Gewalt, bis ich mich suhle in ihrem Rot. Währenddessen zeihe der Geliebten ich, wie Tabak man mischt mit der Droge, welche ähnelt getrockneten Exkrementen. Es erreicht ein Schmunzeln mich: mir abzusprechen den Sachverstand, wagt mitnichten sie, hingegen muteten die Details als zu viele ihr an. Zu Schweigsamkeit hält Diplomatie sie an, da zu öde ihr mein Thema deucht.

Beeinträchtigt ward durch des Schlimmen Vorahnung das Gedärm. Des Positiven Wahrscheinlichkeit strebt hin zur Nichtigkeit. Den Realismus lehren die zu häufig wiederkehrenden Lenze. Des Bechers wärmender Schutz tröstet den trotzdem erkaltenden Trank. Gen Himmel wellt sich das dichte Pergament, indem des heißen Lebenselixieres Dampf es imitiert. Dem Deckel obliegt es, gefangenzuhalten die Hitze. Des Sturmes kurzer Schwall pfeift durch den Schlitz. So mag der Geschäftigkeit Idiosynkrasie faszinieren!

Sobald unterwegs ich bin, ergreift die Furcht mich, daß wohl nicht ich gelange ans Ziel. Bedenklich wankt die Brücke. Bald sei unnütz sie, so sagt man. Giganti-

sche Ruinen stehen sodann im Flusse, Träger, die jetzt noch helfen den Unzähligen
zu erreichen die gegenüberliegenden Gestade. Jeglichen Verstand überwältigt noch
dies Bauwerk! Unmöglich erscheint normalen Gedanken es, daß zerfallen wird das
Monument dereinst. Jedoch es rasen die Se-
kunden, da im Geröhr es knistert ob mas-
senhaft reißender Drähte, bis keiner mehr
sei intakt. In der Vorstellung setze dann ich
über, so bricht die Konstruktion. Zur Seite
wird sich senken die Bahn, ein Spalt soll
vor mir wohl sich öffnen, der in den Abgrund mich schlingt in windbewegte Wellen hinein. Ein nasses Grab harrt meiner
dort im Strudel, das so sehr zu vermeiden
erhofft ich hatte!

Gegen den Willen opponiert die Realität
zumeist. Kein Ende nimmt der Reparatu-
ren Leiden. Unentdeckt bleibt des Stillstan-
des Ort. Mit gesenktem Herzen und Haupte erklimme die Stufen ich zur Agonie!
Auch sie werden erneuert demnächst, damit keinesfalls Freude einkehre oder Ruhe
gar. Systematisch planen eine Schikane
nach der anderen die Bauherren. Solange
an des Brunnens Rand balanciert das Kind,

enthalten relevantes Wissen sie einem vor, bis in den dunklen Schacht fällt das ungeschickte Gör! Am Voranschreiten hindert auf diese Weise eine stets abgesperrte Pforte den Lernbegierigen, verbarrikadiert den ebenen Weg ihm gnadenlos.

Von undichtem Dache treffen dicke Tropfen menschlicher Unzulänglichkeit auf die blanken Partien zwischen meiner Mähne Strähnen. Zur Warnung stellte gelbe Hüte am Boden man auf. Zum Standard ward das Provisorium hierzulande. Herbei wünsche ich das Chaos, damit die Trägen im Verstande es erzöge. Doch schweifen unversehens die Gedanken dann hin zur eigenen Bequemlichkeit, entschwindet jenes Verlangen, und ich gebe zufrieden mich mit all den Schwächen derer, die eigentlich mich nähren. Ein Krieg könnte ebenfalls sie lehren, wie richtig zu verhalten es sich geziemt, doch schwerer würde ein solcher mich noch belasten als jegliche andere Unbill, die vorstellbar wäre einem an sich wohlwollenden Gemüte.

Des Veilchens aufdringliche Farbe kränkt in einer Jacke Gestalt nun meine Sicht. Beine trennen an den Knien sich, so daß ein potentieller Buhle zurecht sich früge, ob zu spreizen er sie verstände bei begehrtem Zugange. Als hätte verstanden dies die Eignerin, sieht gekreuzt sogleich man die unschönen Stecken, damit jeden Strolch unmißverständlich die Geste warnte, daß keine Penetration sei erwünscht. Wie mögen jene Mägde sich fühlen, die niemals spürten in sich eines Mannes Stolz und Freude? Kam abhanden ihnen der Verstand? Den menschlichsten aller Triebe unterdrücken sie, wie diese da in ihrem emanzipierten Kittel, die obendrein wie eine Krone die Sackmütze trägt auf ihrem Haupte. Schmucklos kauert in ihrem einsamen Vakuum sie, verwehrt angeblich niedere Annehmlichkeiten sich. Warum verschmelzt mit mir sie sich nicht, damit des übertriebenen Dranges Last genommen mir wäre? Allgegenwärtig flattern hin zu meinen lüsternen Nüstern ihre intimen Düfte. Abermals entlohne ich eine, doch nicht wofür geschaffen sie ward. Ginge wirklich sie ihm nach, so übte den ehrlichsten jedweder Berufe sie aus, welchen alldieweil äußerst abschätzig man behandelt. Den Preis verhandeln da die potentiellen

Partner und einigen sich zumeist. Vorab wird sodann entrichtet der Zins, damit gestattet sei der Eintritt zu wohliger Befriedigung. Was könnte ehrbarer sein? Als des Lugs und Trugs Meister gelten die gewöhnlichen Geschäftemacher allenthalben. Im Reiche der Finanzen erfährt Hochkonjunktur die Gaukelei. Wie eine Dame von feinster Herkunft verhält die Hure sich dazu im Vergleiche: "Dies biet' ich dir an, und so viel kostet's dich! So's dir gefällt, sei herzlichst willkommen bei einem Wiedersehen!" Ein elender Heuchler mag wohl ich da sein, der einem jeden Leichtgläubigen vorzutäuschen versteht, daß für dessen Belange sich interessiere er, damit großzügiger als erwartet jener sich zeige. Im Nu, da von ihm mich abwende ich, nachdem nicht er entgegenkam meinem unausgesprochenen Wunsche, verfluche seine Zukunft ich, gönne Schlechtes ihm dafür. Auf Erden besitzt Niedertracht einzig der Mensch. Nichts vermochte daran zu ändern der Gekreuzigte; löblich war sein Versuch, gar zu unterbinden den Handel vor dem Tempel, doch blieb vergebens letztlich solch frommes Verlangen. Den eigenen Sohn stattete

mit wenig Verstand und noch naiverem
Gemüte aus das Höchste Wesen, so daß zu
zweifeln sei an dessen Vollkommenheit.

In meine Innereien sickert das Gebet un-
gewiß, worum eigentlich es fleht. Mit sy-
stematischem Eifer wird zelebriert jenes
abergläubische Ritual von meines Daseins
Schöpferin in der Überzeugung, daß stets
nur Gutes geschehe nach ihrem Willen. Im
Wahne von ihres Trachtens Wirksamkeit
belasse ich sie, danke ihr, daß fürsorglich
sie meiner gedenkt, wohlwissend um ihrer
Bitten klangloses Verpuffen in organischen
Windungen. Von des Seins Materialität
will nichts sie hören. Der Moleküle Schauspiel nimmt sie nicht wahr. So prahlt sie
denn mit den zahlreichen Existenzen, die
bereits sie verlängerte durch ihres Geistes
vermeintliche Kraft. Sind zu still die Stunden ihr, holt die Einsamkeit sie ein und mit
ihr die Sehnsucht zu vereinen ihrer Liebe
Früchte. Des Verlangens unsichtbare Strahlen sendet wohl sie aus, doch bleibt verwehrt mir deren Empfang. Starren Sinnes
sieht als gegeben sie es, daß der Bruder sie
wahrnehme unbewußt durch das Band,
welches den Näheren, Älteren verbinde

mit ihrem Herzen. Kein solcher metaphysischer Tand durchdringt meiner Gefühle rationalen Wall. Nun gab den Ratschlag ich ihr, moderner Gerätschaft sich zu bedienen, um zu erreichen mein Innerstes. Dick stapeln meiner Emotionen Hornhäute sich auf, ohne daß je ich sie schere wie ihre leiblichen Äquivalente am Fuße, welche nicht selten zu tief ich stutze, so daß krustige Male ich mir schlage dort.

Ideen stehen jetzt in des Hastes Stau, welcher der Linken Finger zur Braue mir führt. Schuppen setzt der Borsten Bewegung frei. Unkontrolliert flocken die weissen Partikel mir aufs Pergament. Wie groß wohl sei des Lebendigen Zahl darin, fragt zurecht sich der Neugierige. Nicht leugnen kann man es: Ein schmutziges Wesen ist der Mensch!

Als unscheinbar klassifizierte eine Weitere mir mein kontrollierender Blick, wenngleich einen Hang zum Guten ich zuschrieb ihr, da nicht nach innen wies ihr Schritt. Es wirkte, als nehme aus der Augen Winkel sie mich wahr vielleicht. Mitnichten verlangsamte ihr Gang sich, als vorbei an mir sie eilte. Erheischte ein leichtes Zögern ich da vielleicht? Die innere Stimme, der so häufig man nicht lauscht, flüsterte insgeheim mir ein, daß damit noch nicht getan es sei. Von der Flanke erklang die ihrige: gelangweilt erscheine ich ihr, zeihte sie mir wohl. Ein Grinsen malte auf mein Antlitz jene Bemerkung. Ganz im Gegenteil, widersprach spontan ich ihr, zumal die Welt ich betrachte! Das nahm ein wenig aus den Segeln ihr den Wind, so die Botschaft man betrachtet, welche berufen sie sich fühlte zu übermitteln mir, dem kontemplativen Felsen inmitten der Brandung. Nach kurzem Innehalten spie sodann die Phrase sie aus, die erschaudern mich ließ: Gott liebe mich! Tut er's, vermochte einzig heraus ich zu gurgeln, da kalt auf falschem Fuße die Eifrerin mit ihrem abgedroschenen Gemeinplatze mich erwischte. Überlegungen quälten erst hernach mich – wie so oft -, was besser ich hätte äußern sollen als angemessene Replik. Mehr Variationen, als Finger zählt eine Hand, entspannen daraufhin sich im sich selbst verfluchenden Haupte. Nie wird sie hören diese, und nie werde sehen ich ihr Verhalten in der Folge: ja, ich liebe tatsächlich Mich, Kind, doch wie

kannst das wissen du, die Ignorante? Wenn
sicher du dir bist, Maid, daß er mich liebt,
dann kennst auch meinen Namen du: wie
heiße also ich denn? Ein abstrakter, bedeu-
tungsleerer metaphysischer Begriff kann
kaum wohl sein in der Lage zu lieben, un-
wissende Magd! Gut meinte vermutlich sie
es: der Sanftmut auf ihre Miene geschrieben stand. Jedoch das Einzige, worum meine Gedanken kreisten stur, als in meine
Augen sie blickte, war ihres Leibes Konsti-
tution. Schlank und ordentlich gewachsen
stand vor mir sie da – Vergnügen hätte
durchaus dem allzeit willigen Manne bereiten sie können mit ihres Beckens Enge.
Nicht selten auch sind die Christlichen die
Bedürftigsten zugleich, so um intime Zärtlichkeit es geht, kam in den Sinn es mir, als
zum Abschiede gute Unterhaltung sie mir
wünschte bei des Universums Kontempla-
tion. Zu bekehren trachtete sie Mich, den
werdenden Gott, der allein phantasierte in
seinem nicht vorhandenen Geiste, wie sich
gebarte bei hypothetischem Akte sie: armes
Kind, da den Falschen für die Mission du
auserwähltest dir, ihm zu zeihen die vermeintlich frohe Kunde, welche so mancher

Mensch als blanken Hohn anzusehen verpflichtet ist.

In die Geschichte eines Teils meines Stammes tauchte ich ein für einen Tag, nur um zu bemerken, daß jener mitnichten erfuhr eines Höheren Wesens Liebe oder Zuneigung. Ein weiteres Mal beschlich das Gefühl mich gar, an einem Orte, den nicht ich kannte zuvor, gewesen zu sein einst, obwohl der Seelenwanderung Mythos aufs Schärfste ich verwerfe. Der Maschinen Stampfen und Dröhnen vernehme in der Vorstellung ich. Heiße Dämpfe befeuern die Wangen mir. Schrauben und Bolzen bedeuten dem in solcher Monotonie Elend Gefangenen des Entrinnens Aussichtslosigkeit. In schmutzigem Korbe seilt zur schwarzen Hölle man mich hinab, wo die Wände näherrücken einander und zu zermalmen drohen den Verurteilten. Staub kriecht in seine Poren derweil. Als versuchter Mohr stehe dem Tageslicht ich gegenüber. Dunkel zerkrümelt auf dreckigem Pflastersteine mein Sputum. Ohne Ende schüttelt mich des Keuchens Reiz.

Im Wetteifern um einer Maid Gunst prügelt der Nachbar mich. Gerne sähe an meiner Seite ich die Liebliche, damit sie linderte mir mein Leid. Schändlich verliere den Kampf ich, so daß in des Ofens rote Glut ich mich werfe im Traume. Geläutert wandle auf der Schienen Ruinen jetzt ich vorbei an toter Eisenspinne, bedarf jedoch des Haltes am Kameraden. Betreten schweigen bei meiner Rückkehr zur Geborgenheit wir uns an.

Von der Finger Schmutz ergrauten der Seiten Ränder, was eigentlich zu verhindern ich beabsichtigte von Anfang an. Zu akzeptieren sei mancher Dinge Unvermeidbarkeit.

Zielgerichtet frißt in die Rillen sich der düstere Tag. Mit Widerstand nur räumt seinen Platz er, da über ihn ich gleiten lasse das feuchte Gebürst. Meine empfindliche Hülle, die leicht sich verletzt, errötet vom Druck, den ich ausübe bei derlei Werk. Ich schreie auf, da auf den Knochen trifft die Klinge. Von blechernem Plakate starrt derjenige mich an, den niemals anfocht roter Strahl, wie aus den Adern er quillt. Wegen eines Anderen Fahrlässigkeit spießte ihn auf das Steuerrad. Der Schnelligkeit war zugetan er in einem Maße, daß zum Verhängnisse sie ihm ward. Wie ein scheues Reh beobachtete in nicht zu weiter Ferne er das Spektakel in Weiß und Schwarz. Recht behielt er gar, denn auf Unglück gründete der Bund jener, die Treue sich schwörten dort drüben. Als ausgegafft er hatte, ließ der Maschine heulend-gewaltige Stimme er sprechen für sich. Die weiß Gekleidete blickte zu ihm ein letztes Mal, bevor ihren Leib dem schalen Heuchler sie übergab. Der Zärtlichkeiten Entzug gedieh zu höchstem Leiden ihr, bis schließlich aus des Versäumten Gram sie verschied. Hingegen handelte der Verschmähte, wie einzig einem Manne zugesprochen wird dies: seine Sinne dünstete er ein mit Raserei und betäubendem Tranke, bis er vergaß, was angetan ihm hatte die dunkelhaarige Maid. Gleichgültig ward es ihm, wie und wann das Ende ihn ergriffe: tagein, tagaus setzte aufs Spiel er alles, was je besessen er hatte, bis letztlich ein vom Lebenslicht Geblendeter ihn erlöste von seiner Hast. Tief trauerte um ihn eine ganze Generation. Allzu bald schon verstand eine träge Jugend nicht mehr sein Werk. Früh verschwand in der Archive Tiefen seines Daseins Andenken.

Der Demütigungen Grad und stetig sich vermehrende Zahl entscheiden, ob aus ihrem Sumpfe man sich retten kann. In ihm stecken bleibt gewöhnlich der Sanftmütige, Gute, da des Ehrgeizigen, Rücksichtslosen Ellbogen am Kinn ihn trifft. Nun vollbrachte des Freundes Magd es, Respekt sich zu erkämpfen bei Letzteren. Freude verspürt daran sie, verwiesen zu haben ihre Demütiger in deren Schranken. An kurzzeitiger Genugtuung mag durchaus sie folglich sich laben, errichtet damit des Schutzes Wall sich gegen der Niederträchtigen künftige Attacken. Sie schweigt, so das Thema sich wandelt zum Abstrakten. Mich berührt peinlich dies, doch scheint egal es ihr. Solange herrscht gegenseitige Zufriedenheit, nicht notwendig es sei zu rütteln am Status Quo, wie geradezu gerne es halten die Flickschuster, wenn entfernt schrillen angeblich des Mahnens Glocken, und sie so tun, als ob die Ohren schon dröhnten ihnen davon.

Trotzig verseuchten mit verbranntem Tabaks Dunst sie mich, so daß des Hauptes Tracht mehrmals zu spülen ich hatte mit duftigem Lebenselixiere. Dennoch ist weiterhin behaftet es mit jenes Rauches Gestank. Immun wirken sie gegen das schändliche Gift, überschritten längst die Grenze zwischen Genuß und Habitus. Beständig scheitere meinerseits ich auf der Suche nach gefahrlosem Schwelgen. Zum Axiome formte die Erfahrung der Puritaner Warnung, Vergnügen schände ihr Subjekt. Verdruß hingegen das Wohlbefinden fördere, wie dessen Apostel urteilen und danach sinnen, jegliche Freude zu vergällen dem Hedonisten. Bedürftigkeit wiederum gaukeln andere vor und verstehen dadurch es zu erweichen gerade jene, die entbehren können am allerwenigsten, sowie solche, die auf ihre Fahnen schrieben das falschverstandene Samaritertum: zu Boden fiel so der Alte, während meine Liste voller Neugier ich studierte, damit auch ja nichts mich überrasche in des Tages Verlauf; aus meiner Augen Winkel nahm nebenbei nur des Alten spektakuläres Handeln ich wahr – Aufmerksamkeit allein zu erregen war sein Begehr mit Erfolg bei selbsternannten Wohltätern, die zuvor gehetzt sich gaben ob ihrer Wichtigkeit, und nun wenig gutierten meinen geringschätzigen Blick, der

sofort durchschaute des Taugenichtses
Trachten. Einem Brandmal gleich der Vor-
wurf ihnen prangte auf der Stirn, als um
eine Decke sie mich baten für den schlechten Mimen, damit sie wärme jenen Ge-
stürzten. Nichts blieb übrig mir, als weiter-
zuleiten das Gesuch, jedoch mit der Wei-
sung, es zu erfüllen ohne Hast, zumal Gefahr laufe der erflehte Schutz vor Kälte,
verschmutzt zu werden, so in Betracht man
zöge seines zu bedeckenden Objekts man-
gelnde Sauberkeit. Des guten Willens Geste
werde auf diese Weise simuliert, so dachte
ich wohl. Mit ihrem Vehikel fuhren vor die
geschulten Helfer, verschwendeten sodann
den Platz darin mit unnötiger Fracht, wo
andernorts verwirkt ward zur selben Zeit
eine Existenz, welche ohne Not verlängert
hätten die Rettungskräfte, die stattdessen
beschäftigte des Tippelbruders Theatralik.
Im Lande, das als Terras Garten Eden gilt
den meisten Menschen, hätte verwehrt
man ihm die Kurierung, da für den dadurch fälligen Zins keine Mittel er besitzt.
Statt hier in warmem Krankenlager läge
dort in kalter Gosse er weiterhin, unbeachtet von der Menschheit Masse.

Ekel und Haß schäumten auf meiner Galle gelbes Gebräu. Den Tag beendete also ich mit impulsiver Aggression, obgleich mit freudiger Zuversicht begonnen ich ihn hatte. Zunichte machte nüchtern meine Vorsätze er, zu bewahren meines Gemütes Ruhe.

Von des Südens warmem Fallwinde – unbekannt gar in diesen Gefilden – wurden aufgewirbelt meine bedacht betäubten Sinne. Kaum Einhalt vermochte meiner Emotionen Magma ich zu gebieten, als mit orgiastischem Schube sein Dreck in selbem Maße sich ausdehnte wie auch erhitzte. Zur Apokalyse geraten wären einer potentiellen Eruption Effekte.

Fort setzte sich an eigentlichem Freudentage, da dreizehn Lenze gemeinsam den Werdegang beschreiten Amata und ich, der Verdruß: stets nämlich drängt in des Opfers Rolle mich anderer Unfähigkeit. Das, was abergläubisch Glück man nennt, sah es vor, daß präsent ich war, als nicht zugegen ich sollte sein. Zudem konnte Kontakt nicht mehr halten ohne Kosten die Geliebte mit der Ferne. Schändlich schmarotzte ich da, um zu erledigen die nötigste Korrespondenz. Nahe kam dabei ich gefühlt dem Erfrierungstode, da klamm meine Finger wurden und die Erkältung hinterrücks in die Nase zu kriechen mir schien, indem zu kribbeln begann der Rachen dort, wo sich vereinte der Lebenshauch in der beiden Röhren Gabelung mit dem Zerkauten, falls versagte der Trennung Klappe. Als deutliches Zeichen gilt jenes Kitzeln mir, daß bald ströme der Schleim zum Maule hinab ohne Unterlaß während zweier Tage.

Geduldig kritzelnd harre jetzt ich der Geliebten mit hoffendem Bangen, daß einzig frohe Botschaften zu zeihen sie mir vermag am Abend, da unserer Liebe Jubiläum wir feiern. Sorgen plagen mich um sie, denn zu häufig fällt zu großer Ängstlichkeit sie anheim. Den Furchtlosen spiele aus diesem Grunde ich ihr vor, damit mehr Mut auch sie wohl fasse im Angesichte dessen, was bereit für sie hält eines zermürbenden Alltages Antizipation. Ewiges Leben wünschte ihrer Mutter ich, so daß erspart uns beiden bliebe die Trauer, vor allem aber ihr, Amata, die in der Melancholie Tiefen sich verlöre, welche bislang noch nicht sie erreichte. Teilen müßte ich mit ihr das Leid, doch überstünde schadlos ich dies? Genießen sollten das Hier und Jetzt wir, aber in vorausschauender Furcht stemmt dem ein sensibler Kopf unbelehrbar sich entgegen.

O glückliches Füchslein! Sobald von des Weggefährten Tod überzeugt es sich hatte, zog weiter es auf eigene Faust.

In Variation foltert dauerhaft mich ein Alp, der nicht zur Protagonistin sich erwählte die Vergangene, sondern eine, über die kurz ich sprach mit dem Freunde aus alten Tagen. Im Lebenselixiere plantschten munter wir, ich mit ihr, neckten uns seinerzeit, solange bis erregt ich war, was leicht gar gelang der begehrenswerten Maid, ohne daß bemerkte sie dies. Der Freund fand seine Gespielin für einige Lenze dort und dann auf diese Art. Ich dagegen scheute zurück aus Furcht vor Peinlichkeit. Zu jung schien obendrein sie mir. Jetzt kehrte in gleichartigem Traume sie wieder. Meinen Nacken umschlang ihr langes Haar. Angegriffen ward der Verstand mir von der Angst, daß verlieren ich sie könnte. Hündisch umgarnte auf ihre währende Wohlgesonnenheit hoffend ich sie. Jedoch schwörte einzig die Hülle Treue mir, ihrem Sklaven, der enttäuscht ward wie prognostiziert, da die Flucht sie ergriff wie einer Flüssigkeit Gase, so heiße Witterung herrscht. Schlierige Schwaden täuschten die Sinne mir, schufen Tränen, die in Strömen hinunter mir rannen bei den Wangen aus gekränkter Eitelkeit. Zum Letzten kam allerdings es mitnichten wie ansonsten ohne Ausnahme in solcherlei Schlummergespinsten dies geschieht.

Unbezähmbare Gelüste, aufzunehmen dekadente Nahrung zuhauf, zerschmettern das eigens auferlegte Gebot zur Mäßigung mir. So knirscht denn das Krustenbrot zwischen den Zähnen schneller und schneller, angetrieben durch die Hast der Gier. Vergeblich harre der Sättigung ich noch während des Verzehrs. Bar des Bewußtseins landet auf innerer Halde der schmierige Brei, fördert des Völlers Fettleibigkeit. Schrecken bereitet die Vorstellung mir der Mengen, die bereits vertilgte ich umsonst, da wieder ausschied ich sie hernach. Zum Zeichen der Dekadenz umrahme sodann ich den Nabel mit sich faltenden Händen.

Mit ihrem spitzen Schnabel zerrt dort die Krähe an eines verendeten Hasen unbeugsamer Sehne. Auf der Hut muß sie sein, daß nicht dasselbe Schicksal sie ereilt wie ihre Beute zuvor. Rastlos hüpft deshalb sie um ihren Schmaus, faßt einen Plan nach dem anderen, wie gefahrlos beizukommen sei der zähen Mahlzeit. Eines Spechtes Methoden bedient der schwarze Vogel sich, indem auf rohem Fleische herum er hackt, das lediglich eines braunen Pelzes Reste umgibt. Plötzlich wird aufgescheucht das satanische Flattervieh und vermag gerade noch zu entfliehen den schnell sich drehenden Mürberädern, von denen ständig Gefahr es läuft, überrollt zu werden. Abseits setzt nieder es sich auf einem Pfahle, plüstert auf sein Gefieder und linst sehnsüchtig hinab auf Meister Lampes geplättete Rudimente.

Mich friert einstweilen, zumal durchnäßt mir ward die Kleidung von des Himmels Tränenflut. Hinfort eile auf der Suche ich nach trockener Geborgenheit und Wärme. Einsam ist die Straße mit sich, da alleine ich störe ihr ruhevolles Idyll vor des Morgens Grauen. Wellenlose Pfützen zwingen

zu kurzen Umwegen den darob erzürnten
Wanderer, der noch mehr verflucht seine
Unachtsamkeit, als eine er übersieht in der
Dunkelheit, welche geschaffen ward durch
ein Gewölk, das frech vor Lunas Fülle sich
schob. Durchtränkt sind ebenfalls nun die
Socken; in den Ohren schmerzen die Schritte; es steigert die Sehnsucht nach wohliger
Bettstatt ins Unermeßliche sich. Kühl um-
garnen werden zunächst die Daunen den
Müden, bevor mollig zu seines Leibes Teilen sie sich gesellen. Gemächlich erreicht
des Lebens Saft die Zehen dann, so daß
wirken es mag, als ob in Flammen aufge-
gangen sie wären. Die Gewißheit, daß genau so es geschehe, treibt den ohnehin Ha-
stenden voran auf seinem überschwemm-
ten Pfade. So das konkrete Ziel vor Augen
er nicht hätte, ergäbe dem Erfrierungstode
er sich, von welchem behauptet Volkes
Mund, daß so unangenehm gar nicht er sei.
Müde werde da schrittweise man, heißt es,
und seelig entschlafe schließlich der davor
schon Erkaltende. Der Glieder Zittern ziehe
dem ganz gemäß ich vor dem Schwitzen,
so daß weder unvorbereitet mich träfe ein
kühles Ende noch auch nicht ungewollt,

zumal nichts gilt der Welt, was ich erschaffe. Nicht hören will sie, die Ignorante, auf mich, den Visionär aus der Mittleren Masse. Versperrt ist wohl ihr die Sicht.

An des Weges Rand lag verloren eines Brotes zerfranster Laib, untauglich zum Genusse. In ihm erkannte wieder ich mich, so daß den Entschluß ich faßte, zurück mich zu ziehen von jeglicher Verantwortung, somit zu suhlen mich in der Verachtung Gosse. Unter stürmischer Wogen grün schäumender Gischt versinken so eines Ertrinkenden verzweifelt nach Hilfe fuchtelnden Arme. Ein Lichtlein flackert auf der Schulter ihm noch, bevor von der Wogen Gewirr verschlungen wird seine Existenz. Selbst wenn ersetzen man sie müßte, ergäbe keine Schwierigkeit sich für die Planer, denn tausende sollten gar imstande sein zu übernehmen des Dahingerafften Rolle im System. Zuhauf ist vorhanden das Menschenmaterial, so daß aus dem Vollen zu schöpfen gestattet den Ausbeutern sei.

Schimmelige Krümel rahmen mittlerweile ein den Laib. Sogar der Lüfte faul gewordene Räuber befanden als nutzlos ihn deshalb für ihre Zwecke, sie, die ansonsten jedes Fitzelchen verfüttern ihrem Nachwuchse, was entfernt auch nur genießbar scheint. Bald schreien laut sie wieder, bombardieren mit ihren Exkrementen mich, ohne daß Glück dadurch sie mir bescherten. Die Feuer speiende Waffe ergreift daraufhin meines Inneren Künstler, zielt geduldig und ruhig auf ihre fetten Rümpfe, da hastig um sich sie schauen mit ihrer Fratzen Böswilligkeit, ob ihnen drohe irgendein Unheil. Aufgebaut sei hinter ihnen dort der Leinen Wand, die wartet, gefüllt zu werden mit ihrer dann zersprengten Organe Farbe. Nachdem also das Hebelchen ich betätige, schließt die Lider mir der Schub, wirft nach hinten mich gar, so daß erst nicht ich weiß, wo denn überhaupt ich sei. Das ersehnte Schauspiel versäumte zudem ich dabei, was mich erzürnt aufs äußerste Maß. Verziert zeigt nun sich der vormals aus reinstem weißen Stoffe gewirkte Schirm mit purpurnen Fetzen aus Haut, Fleisch und Gefieder. Abrupt verstummte des Vogels aufmüpfiges Gekreische. Nichts wird er mehr klagen seinen Küken. Verhungern sollen in ihrem Neste sie, der Lüfte potentielle Pest! So mangelt wohl es mir an Mitleid für manches Wesen. Doch stünde wirklich vor ihnen ich, um reihum abzuschlachten sie, brächte nicht übers Herz ich es zu tun. Leicht sei erschlagen die lästige Fliege, da nicht durch größere Augen in ihre Seele zu blicken man vermag. Ganz anders verhält da es sich bei beflügelt weißem Monster, denn hinter seinen frechen Pupillen vermutet ein Bewußtsein das metaphysisch disponierte, sensible Ich, was zurückschrecken es läßt vor vermeintlichem Morde. In sehendem Wesen erkennen auf diese Weise wir den Mitmenschen, den um vieles schwerer noch es fällt zu töten, so obendrein einen Satz an uns gerichtet er äußert. Wäre auch unendlich verhaßt er mir: nicht könnte je die Waffe ich gebrauchen, um ein Ende zu bereiten eines Anderen Existenz. War dies etwa das Hemmnis für die gepeinigten Massen aufzubegehren wider ihre Vernichter? Kaum einer wagte selbst in des sicheren Todes Angesicht es, sich zu wehren und aufzuwiegeln damit die Leidensgenossen gegen ihre wartenden Mörder. Wie Schlachtvieh gaben wehrlos ihrer wahnsinnigen Bestimmung sie sich hin. Nur der eine oder andere ward angesteckt von des Daseinswillens Keim, welchem leicht gelungen wäre zu besiegen die angebliche Dominanz durch signifikante Überzahl. Doch es kam, wie es kam: bedacht schlossen die Lider sie, zogen dem blutigen Ende in der Kugeln Hagel jenes unsichtbare vor in luftloser Kammer. Blind folgten also der bestimmenden Masse sie, hoffend auf ein Wunder, das nie geschah. Entsetzlichen Gestank verursachten des Todes rollende Brutkästen, der schwer es ihnen machte, geöffnet zu halten die Lider. Angst setzte den Verstand ihnen außer Kraft, so daß keinen Gedanken sie verschwendeten an Gewalt gegen die Meuchler. Allein zu atmen, blieb der Gefangenenschar Ziel bis an seinigem eintraf der entrückten Unterdrücker Vehikel. Des Strohes trockene Halme gereichten zum Schwamme für des Kotes kaltes Geschmier auf hölzernem Grund. Geringfügig nur wirkten fliehende Kräfte ein auf der Passagiere ausgeschiedenen Harn, sobald beschrieben die Schienen eine Kurve. In gehetzten Schlummer versuchten durch des Schwellenwerkes regelmäßiges Rattern sie zu lullen sich, da des Überlebenskampfes Anstrengung zwar erschöpft sie hatte über Gebühr, aber dennoch erlaubte ihnen, auf der Hut zu sein zugleich. Fürchterlich ward das Erwachen ihnen, als es dämmerte ihnen, wo wirklich sie waren. Ausgelaugt stand still ihr Gemüt, so daß zum Streite sich nicht aufzuraffen sie vermochten. Den Konflikt vermied ihre gleichgültige Müdigkeit. Zu widersprüchlichem Verhängnisse ward obendrein ihnen der Trieb, schützen zu müssen ihre Brut vor drohender Gefahr.

Als Fremde steht nun sie uns gegenüber: die Furcht vor dem Finale. Langeweile verschaffte der Wohlstand uns, die auszufüllen wir trachten mit schäbigen Konfrontationen. In persönlichem Angriffe spiegelt der Ratlosigkeit Dekadenz sich wider, wie die Zeit sinnvoll man vertreiben sich solle.

Dort flaniert vorbei nun ein betagtes Paar: im Zorne bohrt seines Stockes eiserne Spitze der Mann in des Pflastersteines hartes Granit, so daß jene schützende Kappe aus Metall zerspringt. Gemaßregelt wird der Alte darob von seiner Gefährtin. Der Disharmonie Gewölk umgibt ihre Häupter daraufhin, die gegenseitig sich wohl in der

Lage sie wären abzureißen hier und jetzt. Nichts und niemand kann rechtfertigen ihren Ärger aufeinander. Bestürzt bin gezwungen ich zu denken an der Herde Tausende, um welche – zum Teil gar ganz in meiner nächsten Nähe – derlei Tragödie sich entfaltet Tag für Tag: Geschrei, Gepolter, Gewalt; und dennoch bleiben zusammen sie aus Furcht vor Einsamkeit. Längst schon fällt in träger Gesellschaft die Frage nicht mehr, was zu bedeuten es hat zu existieren und einzig nur zu existieren. Den allseits gepriesenen Fortschritt zu schaler Unterhaltung vollzogen die Massen bereits hin zu einem Punkte, wo Nettigkeit nichts zählt. Hochnäsig gaukelt der Pöbel sich vor, daß zu persönlichem Glücke ausschließlich beitrage, wen man kennt anstatt wen man liebt. Ins Gegenteil verkehrten die wahren Werte jene Schafe in Menschengestalt. Man erkennt an ihrem arroganten Anspruche sie, daß zur Elite sie gehörten.

Den sanft angeschlagenen Saiten des vorzüglichsten aller Instrumente lausche nun ich auf meine mentalen Kräfte raubendem Versuche, des Gemütes Ruhe zu finden in der Alltäglichkeit; dort, auf des Topfes stählernem Boden tanzt mit seiner Hülle unrhythmisch klopfend des Daseins Ursprung in heiß sprudelndem Lebenselixiere. Wann immer solche Mahlzeit ich zubereite mir, zermürbt die Ungewißheit mich, ob bei der Schale Perforation an des ovalen Körpers flacherem Ende verletzt ich haben könnte die Membran, welche schützend umgibt das nährende, noch transparente Weiß, das in solchen Mißgeschickes unerfreulicher Folge kontaminierte die liquide Umgebung, so daß überschäumte der Topf am Ende und die Blasen zerzischten, sobald sie berührten die erhitzte Fläche. Schwerlich nur ließen entfernen sich die verbrannten Ränder auf rilliger Platte. Selbst wenn dieses eine Mal Glück sei mir beschert und mitnichten mir passiert das Malheur, so bin dennoch darüber im Klaren ich mir, daß irgendwann erneut geschehen es wird unausweichlich, womit verwischt würden der unzähligen Instanzen Signifikanz, da Erfolg beschieden mir ward bei dem Unterfangen. Was nützen zwanzig Triumphe mir, wenn schließlich einmal doch ich unterliege dem Pech?

Nicht abzufinden verstehen die Trauernden sich mit der Tragödie, von der zu erfahren sie begehren, ob verhindert sie hätte werden können, wie wenn dies wieder zum Leben erweckte die ihnen Entrissenen. Zum abertausendsten Male soll so gefunden werden ein Sündenbock, um zu stillen der Unbelehrbaren Rachedurst. So auf des Pudels Kern sie denn stießen in der Tat, bliebe trotzdem ihnen die Trauer, welche womöglich sich verstärkte dadurch, daß sich bestätigte, wie gewisse Maßnahmen, präventiv getroffen, verhindert hätten den Schlamassel und noch weilen könnten unter den jetzt Klagenden die Verunglückten. Am Leben wären sie noch ohne euch Schuldige, schrien dann die unversöhnlichen Hetzer und benötigten viele Lenze länger, um hinweg sich zu trösten über den Verlust bar jeglichen Zweckes.

Sinnlos ist jedweder Tod, geradeso wie jedwede menschliche Existenz. Obgleich die Sprache wir besitzen oder gerade wegen ihr, gestehen jene Tatsache wir uns nicht ein – das Offensichtliche bleibt auf ewig verborgen dem Dummen. Welchen Unterschied macht da es, ob das der Säugling sei, der still verendet in seiner Wiege, oder der senile Greis, der schwach ob seines hohen Alters dahin wohl vegetierte während langer Jahre Frist? Des Daseins Zirkel sieht vor, daß beides es gibt und noch viel mehr. Keine Früchte trägt die Wehr dagegen, eher zerstört den Verstand sie Schritt für Schritt.

Sein sei Siechtum, sagt sensibel sinnierendes Selbst.

Mancher hat früher es hinter sich, ein Anderer später, der menschlichen Existenz Leiden auf Erden.

Ein Lächeln schmückt die Lippen der Einfältigen, die an simpler Umarmung sich ergötzt, welche zuteil ihr ward, als ihrem Helfer ein Bild sie zeigte, das soeben vollendet sie hatte. Keinerlei Traurigkeit gibt in ihrer sorglosen Welt es, es sei denn, man entreißt ihrer Gewohnheit sie. In ihrem Blute verankerte die Gutmütigkeit sich, bereits bevor geboren sie ward. Wie eine schnörkelige Gravur ziert jene Tugend unentfernbar ihr Gemüt. Den Normalen bedeuten ihre kugeligen Augen, daß zu ihnen sie nicht gehöre, zumal das Gute nicht entspricht dem Brauche. Schlau und konform ist, wer vermag zu betrügen, ohne daß ertappt er wird dabei.

Unter meiner harten Schritte pochender Frequenz wippt das Brett. Zu befürchten habe ich den Sturz. Auf des Gehölzes verbleibenden Rest fällt also mein Blick: viel wird nicht mehr es ertragen, womöglich bin gar ich der letzte Passant. Unten gähnt sehnsüchtig die Schlucht, lauernd giert danach der rauschende Fall, mich zu verschlingen in seine Strudel. Rätselhaft gar deucht es mir, wie an jenen Ort ich gelangte. So hoffe ich denn, daß bald das Geläut' mich erlöse! Einstweilen wanke wie im Rausche ich über die spärlich noch vorhandenen Planken, dürftig befestigt an morschem Seile. Ins Antlitz sprüht des tosenden Falles Gischt es mir. Zu schließen begehre die Lider ich, damit nach unten nicht mehr sehen ich könnte. Da trete plötzlich in eine Lücke ich, welche nicht zu erkennen war zuvor. Gleißendes Geflimmer an weissem Walle empfängt mich Strauchelnden in des Dunkels flüsternder Geborgenheit. Der Blendung Folge zwingt zur Gewöhnung meine gebeutelten Linsen an die visuelle Gegebenheit.

Zwei Stunden bleiben mir noch, bis aufzuraffen ich mich habe für die lästige Pflicht, welche das tägliche Brot auf den Tisch mir kredenzt. Wenn nur Amata nicht gleichfalls erwache nun, denn schwer fiele ihr es, wieder zurückzufinden in den Schlaf ohne Verzug. Jungfräulich erscheint mir, dem Liebenden, sie fürwahr, was umso begehrenswerter sie macht; doch der Materie Wandel in ihrem Innersten zermürbt das Gemüt mit Wallungen ihr, die nie sie kannte während ihrer Jugend Lenze. Unrast zerrt an ihrem Verstande, der ohnehin nicht zu den gefaßtesten zählt. In stillere Bahnen gedenke ihre Metamorphose ich zu geleiten mit meinen Zärtlichkeiten, damit auch ja nicht jegliche Wollust sie verlöre bei der leiblichen Revolution. Beide sollten fürderhin zu schwelgen wir vermögen in der Vereinigung. Hernach entwischt geschickt und neckisch sie meinen sehnsuchtsvollen Fingern, um zu bedecken ihren bereits göttlichen Leib. Niemals verschmutzt der Stoff, den in zahlreichen Schichten auf makelloser Haut sie trägt. Dennoch läßt größtmögliche Sorgfalt sie walten, gründlich zu reinigen das Tuch, welches schützend vor unkultiviertem Blicke sie umhüllt. Durchweicht wirbelt dann die Wolle im Kreise, was klingt, als ob diese mit Speichel durchsetzt und kaut die mechanische Wäscherin. Zum Schlusse kleben an des Zylinders Wand die nassen Lappen. Von dort zu entfernen sie, bereitet Vergnügen nicht zuletzt ob des blumigen Duftes, der entgegen mir schlägt, nachdem die durchsichtige Klappe ich öffnete. Besänftigt werden meine Nägel, da die schweren Knäuel ich entwirre. Leichter stutzen könnte daraufhin ich sie, allein: dazu mangelt an Zeit mir es! Fortschreiten muß ich zu anderem schnöden Tun, welches im jetzigen Nu mir wichtiger erscheint, jedoch nach Kurzem schon versinkt in Bedeutungslosigkeit.

Den Gegner begünstigt ohne Ausnahme die Freiheit. Ohnmächtig lasse demgemäß das Unvermeidbare ich geschehen. Mit Satanas schloß einst einen Pakt ich, als in der Anderen Abhängigkeit ich mich begab. Nicht existent sei dabei der Kette winzigstes Glied. Scham bläht in meinem Gemüte sich auf, zumal nach hinten es blickt auf nicht zu rechtfertigende Prahlerei. Zum letzten Male, wie zu hoffen ich wage, ging einem ungezähmten Hengste gleich der kindliche Übermut durch mit mir. Nie erstattet verschwendeten Eifer zurück das Schicksal dem kühnen Investor, an dem sodann der Nachbarn Skrupellosigkeit nagt, da eigentlich lieben sie ihn sollten für sein engagiertes Handeln. Als Folge hege mehr Sympathien ich jetzt für jene, die mit Gewalt vergelten ihre vormalige Machtlosigkeit, weshalb auch an der Detonation innerem Bilde ich mich labe, wo zerbricht eine Büste in unendlicher Langsamkeit; das Antlitz beginnen entstehende Risse zu zerfurchen, bis in Krümel es zerfällt. Zu lesen die Schrift darauf, gelingt keinem Voyeur mehr für alle Zeit. Niemand wird dereinst erinnern sich, daß in ihrer Arbeit letzten Zügen sich befand die Kritzlerin dort und vollendete ihrer lebhaften Phantasie Ausgeburt an jenem Orte, in der Kammer, wo jetzt ein Spalt sich bildet durch die Wucht, flügge wird und aggressiv splittert des Raumes teures Gehölz. Als Projektil zerschmettert einer Seife schlüpfriges Oval die Scheibe. Das Geweih, zur Zierde gedacht, löst durch das Beben von des ausgestopften Hirsches Haupt sich gar, fällt nieder und durchbohrt den Menschen, der darunter auf der Bettstatt ruhte, mit aller Gewalt. Kurz zeigt des Toten blaue Zunge sich, bevor zu purpurnem Wasserspiele sich umgestaltet sein Leib.

Dem Mörder reiche zufrieden ich die Hand, beglückwünsche ob seiner Errungenschaft ihn.

Solange der materiellen Mittel Nachhaltigkeit nicht gesichert mir sei, zwingen in die Knie mich die Häscher und fordern, daß blind Gehorsam ich ihnen leiste. Nicht allzu gut bekäme demzufolge mir die Insubordination. Zur Gewohnheit ward die Niederlage mir, so daß mit dem Gedanken ich mich trage, nicht mehr zu beginnen irgendwelches Spiel.

Der Erwachsenen Leben ruft in der Tat mich mit Emphase, bricht jedoch das Herz mir so manches Mal, wenn andere ich observiere: ein Treffen sowie eine Zeit schien vereinbart zu haben das einstige Paar, als ob um einen Handel es sich drehte; von des Gefährts rückwärtiger Bank zerrt hastig der Vater sofort nach Ankunft das Kind; ruhig verhält sich das Mägdelein, rebelliert nicht, läßt freudlos geschehen, was geplant ward mit ihm; kurz gesellt zu den beiden sich die Mutter, küßt die Kleine auf des Vaters Armen, nicht hingegen ihn, mit dessen Samen in Liebe einst das Gör sie schuf. Korrekt übergeben ward dort das Menschenpaket für zweier Tage Frist, welche ein schwarzer Talar zugesprochen hatte dem Vater, um mit der Tochter sie zu verbringen.

Der Wohlwollende sieht mit Entsetzen es, daß zahllose Zuneigungen entstehen auf diese Art: der Illusion geben zuerst die Fehlgeleiteten sich hin, daß füreinander geschaffen sie seien, bringen dann Nachwuchs hervor in falscher Wollust, um schließlich im Stiche zu lassen die neue Existenz, sobald der Charaktere vorbestimmte Unvereinbarkeit zu spät man entdeckt. Wer ewig zu binden sich gedenkt, prüft seit Langem dies nicht mehr so gründlich wie in alten Tagen. Anfängliche Leidenschaft blendet jetzt die Enthusiasten meist sowie die unverrückbare Zuversicht, daß durchaus einem gelinge es zurechtzuschmieden sich den Partner nach eigenem Gutdünken in der Lenze Lauf. Das Ihrige trägt dann gleichfalls bei die Eifersucht, um den scheinbar sich Liebenden zu vergällen die glückliche Zweisamkeit.

Im selben Tenor trällernd, zwängen oft sich Gedanken mir auf an eine andere Existenz, die führen ich könnte, wie gerade jetzt etwa mit der Einen, die gegenüber mir sitzt. Allzu rasch hatte Pathos geknüpft zwischen uns ein inneres Band, ohne daß gefährlich zu flammend leiblichem Bunde gekommen es wäre. Laut schrillt Alarm der maskuline Trieb, daß keinesfalls abgeneigt er sei. Allein: feminine Neugier drängte darauf zu erfahren Näheres und ward prompt enttäuscht durch ihrer Inquisition Bejahen, ob geharrt hätte meiner ein Weib gleich ihr an der Weltenbummelei Ziel. Deutlich zeigte mir Ehrlichem da sich der Decouragierten Schauspielkunst, zumal gekonnt sie übertünchte die Desillusion. Wird dennoch sie kämpfen und so zur Rivalin degradieren die Geliebte? Wenn Wünsche nur wären Wirklichkeit im Nu, da man sie denkt, so sei all dies schale Einbildung! Wohl schmeichelt zu glauben mir, daß jemand begehre mich, den Unscheinbaren, denn vor Eitelkeit strotzt im Iche die omnipräsente Weiblichkeit. Verließe Letztere mich doch und gestattete Ruhe meinem eigentlichen Leben, welches abermals zurück mich warf in bange Ungewißheit trotz existentieller Sicherheit, die vorherrschen noch dürfte für geraume Frist. Fortwährend überschneiden Alpha und Omega sich. Als meines Unwillens späteres Symptom, erst zu entsteigen der Bettstatt, zerbarst an rektalem Muskel einer Ader Zipfel, was meine verzweifelte Phantasie dazu zwang, mich wiederzusehen im Lazarette, wo gerade noch dem Tode zu entreißen mich sie verstanden, da zu großen Teilen verloren ich hatte des Lebens Saft im Aborte. Keinerlei Wahrheit haftete jedoch an solcher Dramatik erwartungsgemäß: zu bequemem Sitze konnte wieder ich mich begeben, um fortzufahren mit Fabulierungen, welche für immer verloren geglaubt ich hatte dem Gedächtnisse in des Schreckens Zug. Wie erleichtert war wohl ich da zu sehen den Schmuckband auf des Sessels Decke, wo bedacht hinterlegt er ward tags zuvor, ohne daß dessen entsonnen ich mich hätte. Im Reisesäckel wühlte wie ein Süchtiger zunächst ich nach ihm, um dann erst zu erspähen ihn, als des zweiten Heimes Pforte zu öffnen ich beabsichtigte. Dort, auf des Sitzmöbels Fläche harrte meiner er mir, um gefüllt zu werden mit weiteren Elegien. Gemächlich nur treibe ich es voran, jenes Lamentieren über das Sein. Längst ward scheinbar versagt es meinem Verstande, in logischem Argumente zusammenzufassen jeglich klares Ideengerüst. Auf liniertem Pergamente ergieße aus diesem Grunde ich des Unsinns kunterbunte Menge, die wahllos durcheinanderfließt in der Gedanken brüchigem Bau. Keine kontrollierte Dekomposition gestattet jene verpestete Ruine. Dem Flüchtenden bedeutet ein Schild, daß dort um den rettenden Weg wohl es sich handele nach draussen. Wenn es ihn gäbe denn, diesen Pfad!

Stattdessen beuge dem Drucke ich mich, weiterhin zu überblicken das menschliche Treiben, wie es geziemte eben einer werdenden Gottheit, und abermals ist ein weiblich' Wesen es, welches jener gegenüber auffällig sich gibt. Am Anfange vermag nicht zu erkennen ich die Maid. Ein Gefährt, das der Passagiere dreie befördert, bringt zum Stillstande sie vor mir. Zum

Abschiede winkt ein Mann den Kindern im Vehikel, dem soeben er entstieg. Älter ist der Knabe vermutlich als seine Schwester. Eine Tragödie entspinnt in meinem Haupte sich, obgleich nichts Dramatisches geschah bislang. Die lebhafte Assoziation ward ausgelöst allein durch Blicke und Gebaren. Als des Lebewohles Zeichen umarmt der Kinder Mutter den Gatten, der kurz nur schwelgen darf in derlei Zärtlichkeit, bis flüchtig dann dem Reisenden nach sie winkt, als ob mit sämtlichen Sinnen schon beim heimlichen Buhlen sie weilt. Sind dessen gewahr sich ihre Blagen? Plappern in des Vaters Beisein sie es aus eines Tages? In haltlosem Zorne risse da die Lade er auf, ergriffe ohne Zögern die Klinge, welche einzig dazu diente zu schneiden das Brot, zerfleischte stattdessen das Luder, das ihn betrog und nun vergeblich trachtete nach Flucht vor seines Ehebruches wildem Rächer; allein: ahnen hätte längst er es können, zumal dem Sohne gefolgt war eine Tochter – ein Zeichen, welches bedeutet ihm haben müßte, daß unerfüllt sei die Gemahlin seit geraumer Zeit. Der Tobsucht Schwaden hüllen die Vernunft nun ihm

ein, da in koitalem Takte er einsticht auf
seines Weibes weiche weiße Haut, die
schnell sich schminkt mit dunklem Blute.
Durch seiner Handlung Wahn entschlüpft
seinem vormalig ruhigen Selbst er Schritt
für Schritt, nimmt als solche nicht mehr
wahr die Kinder, sondern sieht als Hinder-
nisse sie gar, welche das Glück ihm ver-
wehrten, so daß auch sie zum Opfer fallen
seiner Rage. In aller Kürze meldet jene
Schlachtung man dem Pöbel, bei dem unverzüglich sie gerät in Vergessenheit, weil
allzu häufig derlei Drama sich wiederholt
in unendlicher Variation.

Der gutgemeinten Bescheidenheit Frist
verstrich zum unzähligsten Male in meinem Gemüte. Zum Martyrium gestalte das
Dasein ich mir, solange mein Licht mit Bedacht ich stelle unter den Scheffel. Vergol-
ten wird mit Arroganz es mir von jenen
Niederen im Verstande, die zu anmaßen-
der Aufgabe es machten sich, die ihnen
Überlegenen zu lenken – so stehe denn
dem Anarchismus näher ich als je zuvor.
Da kehrt etwa wieder die Erinnerung an
des Kriegsverbrechers Bruder, der seine
Hand mir reichte. Die meinige hätte wohl

ich ihm verwehrt, so ohne Verzug erfaßt
ich hätte, wem die andere gehört. Ver-
säumt ward auf diese Weise ohnehin eine
großartige Gelegenheit. Ein Ende hätte bereiten ich können seinem jämmerlichen Bewußtsein, wobei eher er verdiente eines
qualvoll langen Leidens Pein. Kurzum: ohne ihn wäre ein besserer Ort die Welt!
Kühn gar schreibe ich nieder dies, wozu
niemals in der Lage wäre ich Hasenfuß!
Der Vorstellung Vermögen wendet jedoch
sich hin zu Konkreterem, zumal in stetem
Verhältnisse wächst meiner Einfühlung
Gabe für die Ohnmächtigen mit den Unge-
rechtigkeiten – seien noch so winzig sie in
jedermannes Augen -, die mir blühen von
Tag zu Tag. Simple Dummheit fossilierte
da etwa des administrativen Abschaumes
bereits nur spärlich vorhandene Gedanken-
bahnen, gegen die bar jeglichen Rückhalts
anzukämpfen ich habe in existentiellem Einerlei. Ein Rätsel bleibt da dem wahren
Denker es, wie zu einem solchen zu werden er vermochte, wo der Gemeinen Einfalt doch regiert allenthalben seit Äonen:
wie gelang zum Beispiele es dem großen
Astronomen zu gewinnen seinen Krieg ge-

gen der religiösen Ignoranz gigantische Windmühlen, und sei dies auch nur postum?

Dem Pergamente überantworte deshalb ich meinen Zorn, für welchen keinen geeigneteren Platz es gäbe. Kaum zu bekehren ist die Dummheit, nur sollte nicht dies zerfressen mich im Innersten.

Sie dreht sich doch!

EGO MENSURA!

Stets schütze solch' Wahlspruch den Verstand mir vor der allgegenwärtigen Stupidität wie den Leib ein Schild auf dem Schlachtfelde, damit wohl ich mir bahne einen Weg zu sorgenfreier Existenz! Allein ICH zähle! Im Dunkeln mögen wohl die Anderen verharren, ja verelenden, in sternenloser Nacht, die letztendlich entsprang aus des Weibes Schoß, besamt von wollüstigem Manne.

Fünf Male gestattete Zugang die Hoheit ihrem trägen Fürsten, mit dem blaublütig verkuppelt sie ward. Daß dabei nicht viel Leidenschaft war, sah an der Sprößlinge Geschlecht man gar: mit jedem Akte erhöhte da die zu entrichtende Mitgift sich! Keinerlei Früchte trug somit der Edlen konventionalisierte Kopulation!

Was mag das gemeine Volk wohl dabei gedacht sich haben?

Womöglich stand schon an die nächste Geburt, doch zog den Schlußstrich vorzeitig man ob zu erwartender Kosten. Ohne Frage weihte den Schwarzkragen man nicht ein in solch sündhaft' Unterfangen, zumal auf Ewigkeit verdammt er hätte der Embryonenmörder Seelen.

Nichts anderes blieb so der Durchlaucht als zu harren der Regentschaft auf erhabenem Hügel, dessen Adelsgeschlecht endete mit ihm, dem Töchterzeuger. Kaum ficht an sein Elend die Gattin, die gerne nun verschwörend sich vergnügt mit den Juniorinnen, um Letztere leben zu lassen langfristig luxuriöse Lenze. Jedoch sieht ihres silbernen Haares Schein unaufhaltbar man verbleichen in profaner Vergänglichkeit. Die Herkunft gebietet ihrer ehelichen Trennung Verbot. Nur weg zu sein von ihm öfter und länger: danach trachtet sie mehr und mehr. Ein Greuel ist ihr das aufoktruierte Heim, an welches schmerzlich sie erinnerte meine bürgerliche Wenigkeit und

Schrift, die zu jener Zeit sie erreichte, als am empfindlichsten sie treffen konnte ihre Nobilität.

Herausgerissen ward aus der Großen Liebe sie, hingelenkt zu arrangierter Vermählung. Mitunter fragt in schwacher Stunde sie sich, was geworden sei aus dem einst Begehrten. Doch danach zu forschen, was ihr wäre ein Leichtes, fehlt schließlich ihr der Mut, zumal ihres einstigen Gemütes Pein erneut durchleben sie müßte in solchem Falle. Kein Gefühl schwärzt zwar ihr Antlitz je, doch durchaus ist gewahr sie sich, was es bedeute denn, wenn gebrochen ward einem das Herz.

Tiefe Narben durchziehen also ihr Gemüt ebenso wie Spuren hinterließen die Geburten an den Hüften. Lustlos, ob ihres Leibes Trägkeit, ranken wülstige Ringe über flachem Gesäß und verkümmerndem Geschlecht; einzig die silbernen Strähnen auf dem Haupte übertünchen ultimative Müdigkeit.

Im selben Jahre wie Amata betrat dies Jammertal sie, doch nicht standzuhalten vermag dem Vergleiche sie, da eher einer

Greisin sie gleicht als dem Füllen, das in der Geliebten zu sehen so sehr ich schätze.

Nun steht zu befürchten, daß abermals ich begegne der anachronistischen Prinzessin, welcher gekrönt zu werden verweigert das zeitgenössische System. Hoffend, daß nicht sie mich erkenne ob meines Haares Tracht, warte so ich steifen Leibes, da mich blenden des Leuchtenden Bruders erste Strahlen. Tausend Fragen stellen meinem Verstande sich, wie peinlich denn sich gestaltete ein derartiges Treffen: beide spreche dort ich sie an, Mutter wie jüngste Tochter, mit gebührendem Titel – Königliche Hoheiten! Erstaunte Mienen starrten mich an, so daß den Eindruck ich erhalte, fehl am Platze zu sein als ein Entrückter im Geiste. Sagte nichts ich meinerseits, könnten niemals sie erkennen die Pöbelfratze, die unverschämt sich näherte ihnen, den verhinderten Herrscherinnen. So erkläre den hehren Damen ich mich sowie meine Herkunft, welche quälend sie lächeln macht. Dezent zu entfernen meine unwürdige Person, heißt mich ihr adeliger Blick.

Als äußerst gering deucht dem Rationalisten die Wahrscheinlichkeit, daß von sich aus sie anspräche mich, weil zu erkennen sie glaubte meine Würdigkeit dafür. Wohl schwächelt hier der Vorstellung Kraft, wie das verliefe denn. Da müßte schon Platz genommen ich haben am Fenster, bevor einträfen jene besseren Dirnen. Sodann sollten belegt sein all die anderen Plätze, damit gezwungen sie wären, zu mir zu gesellen sich an den Tisch. Selbst in diesem Falle schiene ausgeschlossen es beinahe, daß meine Person sie in der Folge assoziierten mit dem Diener an der Pforte, der ihnen öffnete selbige noch vor vierer Tage Frist und galant einen Gruß ihnen entbat.

Des Incognitos Bequemlichkeiten bevorzuge der Bekanntheit ich – seit Langem suhle bereits in ihnen ich mich. Gar schrecke ich auf die seltenen Male, so plötzlich ertönt mein Name aus zunächst unbekanntem Munde, während, versunken in nichtigen Gedanken, ich durchwandle dieser Stadt überfüllte Steige. In Staunen versetzt durchaus es mich, wie viele Menschen mich doch kennen, obgleich keinerlei Kontakt ich suche. Meist spiele mit des Pflasters Steinen ich wie eine kleine Maid, die beschwingt voranhüpft auf ihnen, nur daß ich im Unterschiede mit Blick und Schritt gemächlich und sturen Sinnes bemesse die Orthogone, deren Ritzen am Rande unantastbare Grenzen bilden für meine Füße. Selbst wenn hohe Hacken hätte das Schuhwerk, überquerte ein ums andere Rektangel ich unbeschadet. So sollten ebenfalls es halten jene Mägde, welche wenig würdevoll zumeist daherwanken auf Zehenspitzen und unversehens in der Pflasterlücken Schmutz versenken ihrer Fersen Waffen. Als Wunder mag es vorkommen dem Beobachter, daß nie zum Sturze dies führt. Zur Farce gerät hingegen die Szene, wenn, besockt an einem Fuße, weiter zu stolzieren sie versuchen, obwohl ein Schritt zurück ihr skurriler Schuh ziert das Trottoir. Schmunzelnd wende dann ich mich ab, schaue hinab auf meine Hände und bemerke Risse in der ausgetrockneten Haut. Es blähen die Finger sich auf in der Wärme, wo rasch bei kalter Witterung sie wieder schrumpfen in zu kurzer Sequenz. Durchaus könnte den Wechsel ich mindern in dessen Wirkung, wenn nicht so oft ich reinigte die greifenden Glieder. Dann jedoch bildeten dunkle Ränder sich unter den Nägeln, die verbergen ich müßte vor den Menschen, die willkommen zu heißen mir obliegt. Nun säubere ich eben häufiger sie, weil nicht zuletzt in kurzen Abständen drängen die inneren Wasser. Und trotzdem hinterlasse keinen güldnen Schnitt ich auf diesem Pergamente, sondern einen in gräulichem Braun, zumal nicht geschwinde genug ich vervollständige einen Bogen mit meinen Ergüssen.

Ein Unbehagen beschleicht mich neuerdings, daß der gewohnten Reise Zahl abnehme fürderhin, wenngleich als Zwang ich nicht sie empfinde: Es schwinden der Treuen Erzeugerin Kräfte, nicht aber ihr Redefluß, so einmal befreit er ist und an eigentlichem Zwiegespräche aktiv weiter teilzunehmen ich gedenke. Dem Schöpfer danke auf Knien sie, wie gut ihr gehe es, merkt sie an, da sie mit anderen Alten sich messe in Statur und Gang. Nicht selten sehe dann ich gemeinsam uns auf dem Pfad zu Schlafes Großem Bruder, wie die Rechte ich ihr halte, bis sie hauchte den letzten Atem.

Eine Feiste unterbrach abrupt mich in meiner voreiligen Trauer, indem sie entfachte neuerliche vulgäre Flammen in ungehörigem Gemüte, obgleich wenig Anlaß dazu gibt ihr Wesen, während nach der Berechtigung zum Transporte sie mich ersucht. Der Fortpflanzung Saatgut staute sich an über Gebühr, so daß ungeduldigst der Entfesselung es harrt.

Keinen Narren noch sah dank dem Schicksale ich bisher, der seine Entrückung vor mir gaukelt, wie der Brauch es verlangt auf hiesigen Fluren zu dieser Zeit, jedoch leicht verspätet in aktuellem Jahre, was des abergläubischen Kalenders Okkultheit zu ich schreibe. Je zu begreifen gelang mitnichten mir der rituellen Festivitäten temporale Verschiebung im Lenze. Zweimal muß demnach erst ich ruhen, bis in die Wüste wandelt ein bigottisch verehrter Heilsbringer längst vergangener Tage, über den einzig existieren aufgebauschte Gerüchte, welche zu lange kochten über heissester Flamme. Beträchtlich früher war ausgestanden das angeordnete Darben bei vorangegangener Gelegenheit. Tyrannis stellt wohl dies dar, so der Festtag, wie die Unaufgeklärten ihn heißen, variiert seinen Termin.

Stürmisch zerzaust Haare der kalte Ost, selbst jene der beiden Mütter, die zu winken bedeuteten ihren halbwüchsigen Söhnen. Ich könnte es sein, den sie meinen und doch nicht kennen.

Aufgewühlte Erde begleitet meine Fahrt, genauso wie es tut das denkende Gemüt. Erlebe nun der Natur neues Erwachen ich auch in den Ideen? Stecken schienen geblieben sie zu sein im Moraste, den zurückließ der Schnee. Mit Schlamm füllt jetzt sich auf das Profil: Wochen wird wahrscheinlich es dauern, bis trocken aus den Ritzen man zu kratzen ihn vermag.

Inne gar halten wir während eines nichtigen Nus, kontemplieren stilles Azur, welches barer Büsche unruhigem Zweigwerke entgegen sich setzt, wo hinterrücks generiert ward der Regelmäßigkeit Illusion von brausend-feurigem Lärme aus künstlicher Hitze Quelle. Meines Leibes Wärme gelangte so nun zu des Schwitzens ungewolltem Ziele. Entfernen könnte mitnichten ich mehr von den Fingern die Ringe, zumal in des Herzens Takt mir pochen die Kuppen. Zu lau zum Genusse geriet mittlerweile betäubender Trank, den zuvor in kaltem Zustande ich erwarb. Sobald das Soll ich erfülle, werde das Gebräu ich kühlen, damit voll und ganz es mir munde bei späterem Verzehre.

Langsam setzen in Bewegung wir uns erneut. Kaum kann Helios erhellen der Felder trübes Grün. So dem frischen Äther dort draußen ich mich stellte sofort, erzitterte im eigenen Schweiße ich, den aus geweiteten Poren preßte kochender Lebenssaft ob meines untätigen Verharrens am Ofen zuvor.

Der Vergangenheit graue Töne bezaubern des Träumenden Phantasie, schlürfen mit einem Zuge hinab ihn im Soge der Besonnenheit, als ob dabei gewesen er wäre selbst. Erdrosselt könnte folglich die hübsche Mätresse worden sein von vormaligem Ich aus Eifersucht, da ihr Akt es fesselte. Keine Schönheit sei sie gewesen, sagt man, doch die Gemälde, welche nackt sie zeigen, zeugen vom Gegenteile. Dort nähert eine Figur der Perfektion sich an. Tausende Glieder muß beherbergt haben ihr teuerstes Teil. Zu wahrer Sklaverei peitschte die Kundschaft der Hetäre Charisma. Binnen dreier Tage blähte der Tod ihr das

Haupt, so daß schwerlich man erkannte den Leichnam. Das Henkersmahl jedoch bereitete ich ihr zu. Dafür richtete ich sie, daß nicht allein mir sie hingab sich während all dieser Zeit. Wenn teilen ich sie müßte, so nahm ich mir vor, dann will überhaupt nicht mehr ich begehren dies lüsterne Weib! Tapfer mag gewehrt sie sich haben, doch vergrößerte nur ihr Leiden sie damit, verlängerte ihren Kampf mit dem sicheren Ende. Geschult waren meine starken Finger, die Muskeln zu verkrampfen mir, damit Kräfte freisetzten diese, derer vormals nicht bewußt ich mir war. Kaltblütig ließ also die Leidenschaft mich meucheln die notorisch Untreue. Aus Trauer bestieg ihren stillen Leib ich ein letztes Mal. Weich und warm noch war ihr lebloser Schoß, in den unter Tränen ich mich ergoß mit endlosen Spasmen. Der Erfahrung zum Trotze ward auf diese Weise das letzte Mal zum schönsten. Zu dumm stellten die Wächter sodann sich an, da den Mörder eigentlich nicht zu fassen sie gedachten. Wenig Trost jedoch spendete mir ihre Tolpatschigkeit, denn auf ewig ward genommen mir das Hehrste, was bis dahin bekannt mir war. Einzig die letzte Verzückung bleibt als Erinnerung mir bedingungslos.

Auf den zwanghaften Schlummer bereitete ich mich vor sodann, indem wollüstig ich sandte einen weiteren weißen Wiedersehenswunsch an ihren Platz im Nichts, als ob eingedrungen ich wäre wie zuvor in ihren makellosen Leib.

Ruhig verlief die Nacht hernach sowie erholsam für das aufgewühlte Gemüt.

Keine Wellen schlägt der Haare Tracht in hiesiger Region. Besorgt bin beinahe ich darum, und schwerlich nur vermag zu trennen ich mich vom Spiegelbilde. Gerne nähme das Klima ich mit auf meine Reise, damit ausbliebe der Ärger ob meiner Mähne, wie wohl den anderen sie erscheine ohne Ondulation. In Geduld sollte deshalb ich mich üben, denn nach Besänftigung lechzt meines Gemütes Erregung. Gezwungen bin ich, sie ihm zu gewähren um Amatas Wohlbefindens willen. Ihr Verdienst ist mein Glück, das zu entgelten ich habe.

Taubstumme unterhalten nicht nur gestikulierend sich nebenan. Zur Belastung wird das Gegrunze mir, welches begleitet ihrer Gebärden Sprache. Zielstrebig suche

stets den falschen Platz ich mir aus für erhofft ungestörtes Verweilen. Kurz gönnen
die beiden eine Pause sich, so daß der normalen Existenzen Lärm vergrößern sich
kann. Liebend gerne unterzöge einmal ich
dem Experimente mich, wie totale Isolation
sich auswirkte auf mein Innerstes, denn zu
oft klage über der Anderen Lästigkeit ich.
Jedoch hier gestellt zu sein auf mich ganz
allein, erscheint die schlechtere Wahl mir
sicherlich.

Da dringt der rüpelhafte Akzent wie einer Heuschrecke Grillen an mein Ohr. Es
versiegt mitnichten ihr Schwarm, der im-
merfort dem Osten entweicht. Ist gar eine
sieben Lenze während Plage dies wie jene,
von der die Große Mär uns zeiht? Die Ein-
ladung ward vom Gesetze versandt an sie,
so daß unversehens Sack und Pack sie
schnürten mit dem vermeintlichen Paradie-
se als Ziel. Wer hätte nicht gehandelt so an
ihrer Statt?

Gestern erst schätzte das unbetagte Weib
bereits ich ein als zu den Etablierten gehö-
rig, die allenfalls auf schnippische Art oder
einzig ansatzweise hinterfragen, was zu
unreflektiertem Fraße uns vorwerfen die

manipulatorischen Lenker. Doch an heutigem Tage wehrte gar tapfer sie sich gegen den Verbrecher, welcher an der Vernunft sich verging. In des Unfalles Folge müßte aus Prinzip sie auf meine Seite sich begeben, doch zu wohl fühlt in ihrer Haut sie sich. Trotzdem hat mit unangenehmen Begegnungen wie jener, welche eben ihr widerfuhr, vorlieb sie zu nehmen. Gepolstert in luxuriöses Leder, befördert am selben Abend zu ihrem Begatter sie sich, der nur eines begehrte von ihr; hingegen gebietet Einhalt sie ihm, zumal von des vergangenen Tages Geschehnissen erst ihn zu unterrichten sie trachtet. Mit halbem Ohre nur lauscht daraufhin er ihr, fragt einstweilen sich, ob aufrecht erhalten er könne seines Schoßes Glut, bis zum Ende sie käme mit ihrer Rede Schwall. Unbedarft ist seiner Erregung sie aber nicht sich gewahr, plappert weiter munteren Sinnes erst, erhitzt dann sich in ihrem Ärger, der in der Tat weiter anstachelt des Lauernden niedere Triebe. Zwei Seelen, zwei Gedanken. Gut mag mitnichten dies enden!

Gen Morgengrauen ward leichter der Schlummer und belebter zugleich. Von wem sonst als der Garstigen träumte mir da? Voll von Haß fauchte im Gespinste ich sie an, hoffend, daß verschwände das alte Leben aus der Erinnerung. Als ob ein Paar immer noch wir wären, wirkte in jenem Alpe es. Kommandos erteilte in üblichem Tone sie dort; allein: endlich wagte zu wehren ich mich! Bekannten, die zu sich gebeten uns hatten, gedachten einen Besuch wir abzustatten. Des alltäglichen Lebens Siebensachen packten noch zusammen wir, bis schließlich zu ersehntem Bruche es kam. Im Zorne unternahm sodann ich es, ungeschickt zu trennen zweier Herkünfte Eigentümer, als ein Frauenzimmer, bärtig und hübsch zugleich, zu vertreiben mich beabsichtigte aus der Lehre Saal. Wohlwollend grinste sie voller Überheblichkeit, deutete damit an, von welcher Profession sie sei. Den Gefallen zu gehen, könne ohne weiteres doch ich ihr tun, bemerkte, weiterhin lächelnd, sie. Vorstellen solle ich mir, daß keine Hilfe zuteil sie werden ließe mir, so meine Lungen aufgingen in Flammen; vergleichbar sei dies mit meinem Bestreben, der Räumlichkeit Verlassen aufzuschieben. Da ward klar es mir, daß im Traume ich mich befand. Erwachen durfte erleichtert ich hernach abermals, nicht ohne aufzuschrecken unmittelbar, da zu fortgeschritten die Stunden ich wähnte im Vergleich zum Vorsatze, den weiland gefaßt hatte mein sturer Sinn. Dennoch gelang es mir, beizeiten zu sein an obligatorisch geglaubtem Orte. Den Gruß entbat ein verschüchtertes Jüngelchen mir. Peinlich berührt ob meines bekannten Antlitzes, welches nicht ordentlich zu plazieren er vermochte in seiner Erinnerung, setzte seines Grübelns Maschinerie der Bursche in Gang. Ich meinerseits stutzte gleichermaßen, aber wesentlich leichter fiel mir es, seiner zu entsinnen mich, weil vormals im selben Gewande gekleidet begegnet er mir war. Schwerlichst hingegen hätte er mich erkennen können, weil mitnichten jetzt die gewohnte Kappe ich trug sowie das lokale Festkostüm. So erhöhte seine Scham sich dann, zumal nicht ordentlich zu bedienen mich er verstand ob seiner Ignoranz, sachgerecht umzugehen mit der Gerätschaft, welche zur Verfügung ihm stand. Hastig sorgte für Verstärkung er, die sogleich erschien. Lange muß weiter gerätselt er haben, wer wohl ich sei. Genugtuung bereitet derlei Sache mir, die nicht allzu oft mir wird beschert.

Vergnügt also trottete weiter ich auf jener Stadt Steigen und hoffte gar, daß in Grenzen sich hielte dort der Katzenjammer. An vorangegangenem Tage hatten hier noch getanzt die Marktweiber. Der guten Laune Scherben wurden alsdann weggekehrt in der Dämmerung danach. Forsch maßregelten sie mich, so unentschlossen ich mich zeigte bei meiner Order. Ein Dutzend voller Monde müßten am Firmamente sich zeigen, bevor jenes Volk wieder ich sähe heiteren Gemüts.

Genug erzählte mir die Welt, nun sei angebracht es, daß ich etwas zeihe ihr. Zumeist Enttäuschung und Demütigung lehrte sie mich. Wer nicht hören will, muß fühlen, heißt mahnend es. Zu fühlen ward gezwungen ich, obgleich aufmerksam ich lauschte dem, was zu sagen sie mir hatten sowie gewissenhaft Folge leistete ich ihren Ratschlägen, die als nichtsnutzig sich erwiesen. Zur Buße gereichte das Zuhören mir im Paradoxon. Rascher altert der Leib mir denn das Gemüt. Als ewiger Knabe erscheine den Anderen ich, weshalb einem

Narren gleich sie mich behandeln. Geheim bleibt im Verborgenen mir, was zu unternehmen ich habe, damit etwas ich gälte bei jenen Unaufgeklärten. Längst verwarf aus diesem Grunde ich mein Streben, anerkannt zu werden von solchem Bildungspöbel. Unbewußt verschwörte er gegen meine superioren Ambitionen sich. Im Sande an des Daseins Strand vergruben jenes Abschaums Schergen mich bis zum Haupte. Von einem Nu zum nächsten stärkt dadurch sich meines Sehens Kraft, allein: gelähmt sind meine Glieder durch des feinkörnigen, festen Stoffes Druck, der sie umgibt.

Die Ohnmacht zu verkraften, sich abzufinden mit ihr, wird zunehmend erschwert dem reifenden Gemüte.

Zum Meeresufer führt abermals die Erinnerung mich zurück: genauso, wie jetzt ich mich fühle, verscharrten dort im Grunde wir einer Maid begehrenswerten Leib aus Spaß, so daß einzig aus dem Boden lugte die wallende Mähne ihr. Triumphierend umtanzten wie Kannibalen wir unsere Beute, die soeben geschlagen wir hatten. Später, als eingehender wir betrachteten unserer Tat Abbilder, rätselten wir ob ihres Herzbubens Gleichgültigkeit, da er durch sie hindurch nur sah, ohne etwa beglückt vom entzückenden Motive nach weiteren Drucken zu bitten für sich selbst. Wohl hätte solche an stillem Orte ich aufgehängt an seiner Statt, damit während der Magd Abwesenheit walten ich hätte lassen können meiner Vorstellung Kraft beim Blick auf jene Idole. Allein: es störte ihr Antlitz; der Verschleierung bedurfte es, damit erhöht sich hätte jeglicher Genuß. Ihres Verstandes Einfältigkeit erzürnte nicht selten die Elemente, so daß der Himmel weinte allzu oft und stark. Einen wenig schmeichelhaften Tribut zollte ein Bursche ihr, der angehörte dem eingeborenen Bauernstamme vor Ort, was sie hingegen erachtete ihrerseits als außerordentliches Kompliment: wie eine ihresgleichen sehe wohl sie aus, sprach also der Ungeschlachte.

In ihrer Naivität Redlichkeit sprach einmal sie aus, was selbst sich offenbarte einem Blinden: aus seinem Verstecke habe herausgewagt sich Helios! Mitnichten tat jener dies, um zu erleuchten ihr den kümmerlichen Verstand!

Als plötzlich versiegte das Wasser vom Quell, hinterließ weit geöffnet sie das Ventil. Überflutet durch und durch ward deshalb des Bodens Kleid, sobald wieder in Gang sich setzte des Nasses stärkstmöglicher Strom. Als ob mit ihr wir nicht bereits beherbergten die größte Dummheit unter unserem Dache, ließ anreisen den jüngeren Bruder sie alsbald. Nur kurz jeweils vermochte in beider Gegenwart zu verweilen ich, den unwiderstehlich hinfort mich es zog von tiefster Dunkelheit, welche ihre blinden Häupter umgab. Derlei Erlebnisse erklären sicherlich, weshalb vertrauteren Kontakt ich meide zu anderen Menschen: zu stutzig macht meine Skepsis mich, wie bestellt es sein könnte um ihren Intellekt, als daß zu rasch ihnen ich anschlösse mich aus Furcht vor Einsamkeit. Wenn dann nicht wäre die Geliebte, so erstreckte ebenfalls aufs Weibsvolk sich diese Attitüde: nicht einmal die animalischen Triebe bewirkten es, daß abenteuerliche Expeditionen ich unternähme auf femininem Terrain.

Da trottete etwa die eine daher, die gefühlte Äonen nicht gesehen ich hatte. Keine

Lyrik vermag zu beschreiben ihren exotischen Charme und Geist, und dennoch regt in meinem Schoße sich nichts in ihrer Gegenwart bei belebtem Zwiegespräche. Fern rücken zu solcher Gelegenheit Phantasien leiblicher Natur! Es ruht das Ungeheuer gar, so präsent ist ihre Person! Wie kann je ich erklären dies?

Nun nahm Kontakt auf mit den Augen ein anderes weibliches Wesen mit mir: treu von unten blickte mich an die muskulöse Hündin von sympathischer Rasse. Willig hinter den Ohren liebkoste kurz ich sie, bis zufriedengestellt sie wirkte. Welch Glück muß für ihren Besitzer es sein, daß der Sprache nicht mächtig sie ist, so daß in harmonischer Zweisamkeit vergönnt sei es ihnen zu führen ihrer beider gemeinsames Dasein. Man bemerkte, daß großzügig sie zu füttern er pflegt. In leichtem Zweifel, ob munden es ihr könnte, schnupperte an dem von anderer Seite verschmähten süssen Backwerke sie, das vor ihr lag auf glattem Grunde. Nach jenem ersten Zögern zeigte zaghaft die kanine Zunge sich, bis schließlich der weiche Teig hurtig davon aufgeschlürft wanderte in knurrend-wartende Eingeweide.

Zu beneiden die Artgenossen mißrät allenthalben mir, doch gerne hätte meine Existenz getauscht ich mit derjenigen dieses drolligen Wesens, das dort genüßlich die Lefzen sich leckte nach schmackhaftem Schmause. Täte ich so etwas, stünde noch schlechter es um meiner Haut Tönung als ohnehin. Der für die Welt unbedeutende Zwist, den ich führe wider die Kreatur, die das Vakuum verdeckt mit ihrem roten Hexenhaar, zeichnet häßliche Spuren nämlich auf meine sterbliche Hülle, welche bis zum Ende beständig sich schält mit Verlaß. So leiden die Poren bereits, wenn gering nur ist des Verstandes Erschütterung. Einer höheren Instanz übertrug die Angelegenheit ich hoffnungsfroh, doch zugleich fluchend, da weiteres Warten versichert mir ward ob der längeren Abwesenheit dessen, der zu urteilen die Befugnis besitzt. Bei seiner Abreise faßte beim Arme er mich, um zu bedeuten mir, daß er erhalten habe meine Kunde. Reden wolle er, sobald zurück er sei. Vom Herzen fiel da mir die Last mit einem Male, obgleich sich vertagte das Gericht erneut. Nun weiß wenigstens er, was von dem Weibe ich halte, welches er bestimmte für ihre Position! Komme, was da wolle, meine Genugtuung, sei noch so winzig sie auch, erhielt durch jene Epistel ich, die zu bald geraten wird in Vergessenheit.

Des langarmigen Subkontinentalen Einfalt bekämpfe ebenso stetig im Stillen ich mit meines Gemütes Sehnsucht, daß binnen kürzester Frist doch abtreten er möge, ohne daß jemals wieder sich zeige seine dümmlich grinsende Fratze vor meinen Augen. Ein ihm ebenbürtiges Pendant fand in seiner Gemahlin er: Als ihres Charakters Ausdruck prangt auf der Wange eine Warze ihr, welche weiland die Mode kürte zu einem Schönheitsfleck. Herauszuragen aus der Masse, begehrt sie mit ihm, dem Troglodyten. Leicht gelingt dies ihrer Einbildung Kraft, was anzuerkennen mir gebietet der Hierarchie Verhältnisse, ohne welche das Paar mir gälte weniger als der Steige Schmutz. Penetrant schmeichelt bei den beiden und ihren ungezogenen Sprößlingen sich ein die scheinheilige Bauernmagd mit ihrem bleckenden keltischen Gebisse. Der Vergeltung Morgengrauen naht unaufhaltsam ihnen allen. Nichts zur Sache tut da es, wann genau dies sei, doch ohne Zweifel präsentiert beizeiten ihnen die Rechnung ein plötzliches Schicksal.

Inquisitiv drang in mich die Mutter, wie es stehe um den Zwist. Einer Stunde Drittel nahm in Anspruch es meine Sinne, ihr darzulegen das Neueste in der unsäglichen Affäre, welche weiterhin meine Gedanken verseucht.

Stille zu halten, entschied vor mir der Säugling sich nach der Brust Erhalt. Noch betrachten als glücklich wir dies junge Kind, da einzig es begehrt Nahrung und Schlaf. Sobald jedoch die Sprache wir auferzwingen ihm, sei vorbei mit dem Genusse es! In Windeseile werden dann wir füllen seine noch fast leeren grauen Zellen mit kranken Begriffen, so daß keine Ruhe werde gegönnt seinem Verstande.

Es sprudeln die Waden. Weit wirkt mitnichten der erste Krampf. Mein Soll erfüllte überraschend ich geradezu ungestört. Zum Gruße bewegte einzig mich eine betagtere Maid, kurz bevor ich gelangte zum Ziele. Ein Grinsen strahlte entgegen mir da, hingegen hütete davor sich sie, zu öffnen ihren

Mund. In höchstem Maße irritiert solch Gehabe mich durchaus. Bedeutete durch das Lächeln sie mir, daß den Salut mir erwidere sie? Oder bereitete heitere Unterhaltung ihr die Mühen, welche abzulesen waren an meines Hauptes Couleur? Hinter den Hekken nahm Schutz ich vor dem eisigen Ost. Ablenkung von zurückzulegender Distanz erfuhr durch kurzweiliges Grübeln ich. So kamen die Söhne in den Sinn mir von der Greisin, welche vorsteht der Herberge an des Weges Rand. Der Lenze viere zogen ins Land, seitdem zum letzten Male ich sie sah, als trübe aus ihren Augen sie blickte. Ob daran sich etwas änderte gar? In Gedanken plane wohl ich das Jahr, wie vor mir es steht: doch erlebe vielleicht ich nicht sein Ende? Für einen Jüngling, als welcher noch ich gelte bei vielen, zählt längst man noch nicht die Stunden, die vielleicht bleiben mögen einem. Später sollte kommen die Furcht, obgleich gewahr ich mir bin, daß täglich einen Tod ich sterbe zumindest. Der Trost, wie sich verhält das Gemüt im Schlafe, sorgt für wenig Beruhigung nur gegen Ende, wenn stetig sich verkürzt die Frist. Kaum kümmert all dies den ehrgeizigen

Springinsfeld, den der Ost blies hierher. Impertinent könnte kontern ich seine Kunde, in welcher um kostenlose Hilfe er bittet. Pech habe er, wird daraufhin er lesen aus meiner Feder. Hätte unlängst noch erfleht den Gefallen er, wäre möglich gewesen es mir, ihm nachzukommen. Zuwider wie auch suspekt ist mir sein Fleiß und seine Ambition: Fünf Sprachen gedenkt zur selben Zeit sich anzueignen er. Daß meiner Mutter Zunge längst noch nicht so mächtig er sei, wie das Curriculum eigentlich verlangte es, zeigte mir sein Brief, welcher zwar verständlich, jedoch durchsetzt mit kleinen Fehlern war. Nicht sonderlich zu seiner Zufriedenheit wäre ausgefallen das Ergebnis für ihn als Schüler, so noch Lehrer ich mich schimpfte und hätte bewerten müssen ihn. Verwachsen sind seiner Ohren Enden mit dem Kiefer: Vorsicht gebot vor solchen Menschen mir die Mutter. Recht mag durchaus sie haben damit bei jenem: Er behagt mir einfach nicht! So zählt zu den unliebsamen Wiederkehrern er ebenfalls, die stets zurück es treibt an des Gewesenen Orte. Wohl sehne auch ich so manches Mal mich nach Stätten, an welchen einst gerne ich weilte, die voll gar sind von Erinnerungen. Die Aussicht auf unangenehme Begegnungen hingegen hält davon eher mich ab, zu wandeln auf meiner persönlichen Geschichte Pfade in concreto. Zu Spekulationen reißt dennoch mich Sentimentalen hin die Phantasie, was denn so treiben nun die einstigen Gefährten und Gegner. Kreuzte meinen Weg tatsächlich denjenigen eines solchen, versänke am liebsten im Boden ich vor Scham. Nach einem Da Capo lechzen sie, doch handelt bei ihnen meist um Menschen es sich, deren Prahlereien wenig mich scheren. Man drängt trotzdem mich, ihnen zu lauschen aufmerksamst, und zur Qual gerät deshalb meine Gutmütigkeit mir ob des Versagens zu zeihen ihnen die Wahrheit: Rede denn mit einem After ich hier? Nicht wieder dich zu sehen, gedenke ich! Bleib', wo der Pfeffer wächst!

Plätschern dringt durch dünne Scheiben von draußen ans Ohr – seit Stunden schon fällt Nässe nieder in beträchtlicher Stärke. Nirgendwo sonst begehrte aufzuhalten ich mich, denn bald wird kein behagliches Versteck es geben mehr, das Zuflucht böte mir, zumal der Boden bebt unter unserem zerstörerischen Getrampel. Es mieft von unserem faulen Atem der Äther. Um unsere gierigen Schlunde schlingen langsam sich die unsichtbaren Strahlen. Das Ende sei unser Entrinnen vor der Katastrophe. Den angehäuften Wohlstand spülen kathartische Wellen ins Jammertal, das gleichsam zu der Leichname tiefstem See sich wandelt. Verwaschen werden so meine Zeilen. Keiner vormals sich mühte, verstehend zu studieren sie, so daß zum Schlusse auch sie ertrinken in des Universums unendlichen Wassern.

Einer, der überzeugt sich gibt, geschickt umgehen zu können mit seinen Händen, bedient unten ein geräuschvolles Gerät. In der Geliebten Sinn hoffe zweifelnd ich, daß den Schmutz, den er schuf, beseitige der Lärmer nach vollbrachtem Werke, denn keine Rücksicht nehmen gewöhnlich sie, die verhinderten Künstler, die bestens verstehen es, schlecht zu machen den Konkurrenten, ohne jemals zuzugeben die eigene Pfuscherei. Zu immer unmöglicherem Unterfangen gerät die Ausschau nach Umsicht und Besonnenheit beim Menschengeschlechte. Den Apparat, der zum Denken ihm sollte gereichen, schaltet Homo ab in seiner Mehrheit offenbar bewußt, sobald er bewegt unter seinesgleichen sich. Hinunter müßte jetzt zu jenem Rüpel deswegen ich tappen, damit ausführliche Kunde später zeihen ich könnte Amata am Abend – allein: aus Furcht vor Zwist zögert der Feigling da, so daß niemals angehöre er der Erwachsenen Welt!

Gängeln muß das Kind sich lassen, wenn etwas erreichen es will: mit des Vertrages Unterzeichnung machte also zum Kinde ich mich, das ohnehin ich gewesen war bereits. Gestrenge sind meine Eltern, gehen hart mit ihrem Nachwuchse ins Gericht. Herrschte doch nur die hehre, wahre Justitia! Ohne Schleuder steht wehrlos und flehend vor ihrer steinernen Statue der Zwerg, zum Zuschauer verdammt. Die Aussichten bekümmern mehr ihn als der Status Quo, weil schlimmer wäre die Anstalt oder neue Vormundschaft.

Nicht gewahr zu sein sich des Symboles dazu schienen jene, welche zertrümmerten die Treppe und so den Reisenden verwehren den Aufstieg für eines Jahres Frist oder gar länger noch. Mit des Aars scharfem Blicke wachen solange in des Dämmerlichtes Farbe gehüllte Kerle über die Grenze, welche dort einstweilen man setzte. Nach meinem Namen, den bereitwillig ihm ich nannte, frug von ihnen einer mich. Ihn zu beschimpfen hätte eigentlich veranlaßt mich mein Gemüt ob des rüden Tones, der zuvor entgegengeschallt mir war. Zu ruhiger Replik jedoch mahnte die Aussicht auf bessere Gesundheit mich. Den dich Liebenden bleibst länger du erhalten, so nicht in sinnlosem Streite du aufreibst dich, redete dem Bruder Innerlich ich ein. Je stärker ich trachte danach, zu existieren in Harmonie mit all jenen nichtswürdigen Elementen, desto höher der Zwietracht Grad, die ich säe, wie einen Objektiven dünken es mag.

Blind geradezu raste durch den Nebel ich und malte in der Einbildung mir aus, wie plötzlich sich aufbaute ein Hindernis vor mir. Wenig nur schreckte mich dies; wenn hingegen auf fragilen Streben einen Turm ich hätte zu erklimmen ohne eines Geländers Halt, so rutschte in die Hose mir das Herz vor Furcht, daß in die Tiefe stürzen ich könnte. Den Stich unter dem Geschlechte fühle unmittelbar ich bei solcher Vorstellung in selbem Maße, wie wenn geschildert mir wird ein blutiger Unfall von anderen.

Entspannung erhoffend, liebkoste ich der Lenden Haupt. Des wohligen Krampfes Wellen plätscherten über meinen ruhenden Leib sodann.

Zerstört ward das liebgewonnene morgendliche Ritual vom zitterigen Zahnlosen mir. Nicht an diesem Orte hätte weilen ich sollen, doch zumal ich nicht erhielt woanders das, was so sehr ich begehrte, sah genötigt ich mich, hierher zu eilen, um zu zelebrieren die heilige Gewohnheit. Gebeugten Rückgrates ob des schweren Reisebeutels trottete also er daher mit dem Gebäck in der Hand, das auch ich gerne mir gönne. Des Alltags große wie kleine Katastrophen erkoren zu unserem Thema wir. Obgleich wohlgesonnen ich jenem Menschen bin, wanderten stets zu Chronos meine Gedanken, da keinen unnützen Nu zu verschwenden geplant ich hatte. Auf gegenseitiges Bedauern einigten schließlich wir uns, bevor sich auf seinen Weg machte der selbsternannte Unglücksrabe. Stutzen machte dessen klaffende Lücke im Gebisse mich: ob hauptsächlich er lebe von liquider Nahrung, frug mein besorgtes Gemüt sich da. Schwer und träge wirkt seine Zunge im Zwiegespräche; jedes Wort wählt sorgfältig und langsam er, bevor geäußert es wird. Es knirschen in seinem Schädel die Zahnräder, da Zacken ihnen fehlen wie Zähne in seinem Maule, so daß zu geräuschvollem Leerlaufe es kommt. Sobald ins Freie er tritt, füllt mit schwarzem Gifte er sich die Lungen. Seines frühen Mahles Reste räumte beiseite ich, um Platz zu schaffen für die zurückgewonnene, willkommene Einsamkeit. Nichts ward verloren bis auf die kostbare Zeit, die unaufhaltsam verrinnt zum näher und näher rückenden Finale.

Pulsierende Grellheit erhitzte über Gebühr die grauen Windungen, welche nun aufgedunsen gegen die Wand sich pressen und Schmerz erzeugen an einer Stelle, die immun sein sollte dagegen. Durch die Fasern fließt dieselbe Materie in steter Frequenz. Gedankliche Monotonie droht zu zerbrechen mir den Verstand. Fade Speise nährt kaum den Leib und mit ihm die Ideen noch weniger. Im Rausche wäre allerdings wohl in der Lage ich zu füllen das Pergament mit der Assoziationen erklecklicher Masse. Eine Figur zeigt auf weißem Grunde man mir, deren Symmetrie zu der Annahme mich lenkt, daß um des Lebens Nest im Weibe es sich handele dort. Salbungsvoll erklärt der klug wirkende Mensch mit geläufigen Worten es mir: mein Fetisch, das Feminine, sei über mich gekommen an jenem Morgen!

Da!

Ihre Stimme vernehme ich, zögere, bis auf ich schaue, damit sich steigere die Vorfreude auf ihres unbedeckten Leibes Anblick. Kaum länger vermag standzuhalten ich der Kompression. Dem hechelnden Hunde hängt zum Maule hinaus die gierige Zunge. Vorbei an ihm schwebt die zu Begattende mit dem Pakete auf dem Arm. Kaniner Speichel tropft hinab geradewegs auf glänzenden Grund. Rittlings umschlingt sein Opfer der gierige Leu, dringt ein in glitschige Enge mit antizipierter Gewalt. Vortrauer überkommt den Drangsalierer, da an des Ergusses Kürze erinnert er wird sowie an die Ruhe, welche folgen

muß dem höchsten Vergnügen, bis wiederholen er es kann.

Dürftig nur ist wohl es bestellt um der
Menschen Gedächtnis, denn Erheiterung
zeigen mehr sie als Verdruß bei der Kunde
von neuerlichem Kriege. Rasch werden
vergessen Trauer und Wut, welche sogar
weiterhin erzeugen die seit Lenzen wäh-
renden Scharmützel wider die Vermumm-
ten. In Brand stecken vermeintliche Wohltäter die Welt.

Geduldig harrt der junge Sproß des Vaters. Gehorsam zeigt in des Heranwachsen-
den Antlitz sich. Ohne Widerwort zöge in
die Schlacht er, so von ihm man verlangte
dies. Einst verkündete nur massive Verlu-
ste man, jetzt wird jedes Gefallenen Namen
genannt, da einen angeblichen Heldentod
er starb, wonach plötzlich zu Pazifistinnen
sich wandeln die erzürnten Mütter. Seinen
gegnerischen Vorgänger trachtet der neue
Lenker zu überflügeln, indem auch er einen Feldzug beginnt gegen eine vorgebli-
che Tyrannis.

Einem anderen Diktator stehe demnächst ich gegenüber, ratlos, wie zu begegnen ihm sei. Gleich dem Schauspieler, der

hündisch zu gefallen begehrte seinem launisch-fetten Mäzen, antizipiere zahlreiche Situationen ich, die allesamt mitnichten zum Vorteile mir gereichen. Gänzlich verloren ging das Vertrauen mir darauf, daß wohl es existiere, das menschliche Wesen, das vernünftige Entscheidungen zu treffen versteht. In ihren Köpfen steckt die Seuche, deren Ausrottung hoffnungslos erscheint.

Zum Nachteile werde mutmaßlich mehr und mehr mir meine mentale Übermacht. Die Moral gebietet, keinesfalls zu überschreiten die Grenzen, an welche stößt die aufzubringende Geduld. Auf der Flucht befinde ich mich vor jeglicher Gewalt. Ist eine Frage der Zeit es denn, wann ich ihr mich ergebe? Langsam verliert ihre Wirkung die betäubende Droge für die Sinne. Zu einem Punkte gelange ich in nicht fernster Zukunft, da zur Konfrontation es kommen muß.

Der Wissenschaft zu folgen pflege ich, zumal Sicherheit sie garantiert. Sobald Ungewißheit entert der bestätigten Erkenntnis seetüchtiges Schiff, befällt Panik auch meine letzte Pore vor dem Untergang.

Lasse verführen Dich doch von der Sirene Schlafgesang: so seist ledig Du aller Sorgen, die tagein tagaus Dich martern!

Als ob erneut zu mir spräche der Hermaphrodit, kauere in der Bettstatt ich darauf hoffend, daß bald verflöge meiner Sinne Spasmus ins Nichts.

Keinerlei Gott werden in Kürze sie benötigen mehr, da des Jammers letzten Winkel sie erfassen mit ihren Lupen. Wer erduldet das, werde voll der Qualen zugrunde gehen am Leid, welches dort zu sehen in der Lage er sei. Gottsein komme des Geistes Erkrankung gleich, einer Perversion zu ergötzen sich an schlechtem Schicksale, das viele ergreift.

In multipler Repetition erreicht die gezogene Linie des Zirkels Ausgangspunkt: QUOD ERAT DEMONSTRANDUM – nichtig ist die Theodizee! Wo liegt die Schwierigkeit für die Eiferer zu begreifen jene simple Wahrheit, das oberste Axiom?

Eine Chimäre sei eine Chimäre – nichts anderes. Andere Namen mag zuhauf sie tragen: Fata Morgana, Einbildung, Halluzination, Wahn. Streiche sondergleichen spielt das Innerste mit uns, so daß Eile uns abermals gebietet die Zeit, um unter Kontrolle zu bringen jenes aus den Bahnen gleitende Ich.

Seines weißen Bartes Stoppeln miefen ob ihrer ungereinigten Vielzahl. Über Tage, Wochen gar vernachlässigte seines Leibes Pflege er, der nun auf die stählerne Trommel starrt. Nun sei gekommen der Punkt, muß gesagt er sich haben in jenem Nu, da seinen Frieden er fand. Der Tod am Nachmittag verbindet mit meinem vormaligen Idole ihn.

TORREADOR, schreie hinaus ich in die Welt, die mich nicht versteht. Auf seine Hörner spießt mein Herz der wütende Stier. Schmerzfrei blute den letzten Tropfen ich aus, geselle sodann froh zu den Genossen mich. Ähnlich mag gefühlt sich haben der Alte Mann, als des Laufes Blitzen er sah: sämtliche Dinge waren gelungen ihm, die für sein Dasein vorgenommen er sich hatte. Wozu sollte jetzt er unnötig es verlängern? Das Legat bestand und würde fortwähren lange nach seinem Abtritt. Dann und nur dann schlug die Stunde ihm, da niemanden es gab, den glücklich zu machen er verstand einzig mit seinem Wesen.

Mehr setzte da aufs Spiel sein selbster-
nannter Sproß. Rund waren die Spitzen,
die ihn erdrückten bei plötzlichem Auf-
pralle. Eines Protagonisten wäre dadurch
würdig gewesen er in des bärtigen Schrei-
bers Novellen.

Sind dreie an der Zahl in der Tat aller
guten Dinge wohl? Gehöre da zu ihrer
Gruppe ich ebenfalls? Noch nicht verzeich-
neten sie meinen Namen auf jener Großen
Tafel, von welcher keinerlei Notiz nehmen
des Universums unbarmherzige Gesetze
ohnehin. Weiter indes zu erzeugen obliegt
meinem inneren Drange es, doch alles
schuf bereits ich, was je zu erhoffen es gab
für mich.

Kurz und in reserviertem Tone gehalten
von jeder Seite verlief der beiden Frauen
Gespräch. Geträumt soll davon es mir haben in vormaligem Dunkel. Befreundet
müssen gewesen sein die zweie einst, mitunter recht eng. In diametralen Richtungen
verliefen ihrer Existenzen Bahnen. Ambition vergiftete der einen Charakter, so daß
zu der Etablierten Opfer ward das nach
Konsum lechzende Weib. Dagegen zu führen ein stilles, vergnügtes Leben begehrte

die andere. Wann immer sprach die eine mit ihr, zwang dazu sie sich zu erdulden dieselben Klagen, bis endlich für genug es sie befand und aufbrachte den Mut, ehrlich zu sein. Gering bleibe hernach des Verlustes Schmerz, zumal längst die innerliche Trennung sich vollzog. Nun träumte lediglich von jener Begegnung wohlgemerkt es mir, doch wird zutragen es sich so oder ähnlich, wie dem schlummernden Iche es einflüsterte das Illusionengespinst.

Dort wiederum lenkt eine zusätzliche Unterhaltung mich ab: zweier Mütter Zunge sprechen ursprünglich sie, so daß radebrechend in der hiesigen sie angeifern sich; bald jedoch sind wieder sie verschwunden und in nochmals andere, aber gewohnte Dimensionen schweift der Vorstellung Kraft: wird jener, seiner Triebe wie auch seiner Verfallenheit Sklave, verstehen es, zum Akte zu bewegen die Maid, welcher hündisch er folgt? Vergeben wird sicher sie sein und somit fruchtlos sein Bemühen, da an fernerem Orte ihrer, der Treuen, harrt der lüsterne Buhle, den somit verflucht der jammervolle Rivale in seinem verspäteten Verlangen. Man hüte wohlweislich davor sich, ihn zu belehren, daß mitnichten existiere die Zeit, da abgelehnt wird der Tropf von einem Weibe, das naiv und stur einem Taugenichts sich versprach.

Einstweilen verlor das Wettrennen ich um einen Platz mit guter Sicht. Zu Prügeleien mag ohne weiteres hier es kommen, so einer dem anderen streitig den Hochsitz macht. Lauernd linse stetig verstohlen ich, ob nicht einer der Fünfe auflöste sich in Äther, so daß von verbotenem Halte aus zu geräumter Lücke wechseln ich könnte. Von Weitem schon erspähte den Bösewicht ich, wie frech das Begehrte wegschnappte er mir gleich einem Schakale. Nun bildet gar eine Schlange sich, und mitten im Wege baute rücksichtsloser Abschaum femininen Geschlechtes sich auf, der anders überlegt es sich nach einer Weile, da nichts geschieht, und in Bewegung sich setzt, um zu entschwinden unverrichteter Dinge. Jetzt drängeln aufsässig Landsleute sich in einem Zwischenraume, dessen Vorhandensein zeugt für ihrer fordernden Einbildung Produkt. Wie an des Südens Stränden pochen ohne Skrupel sie auf ein Recht, welches mitnichten zählt zu ihrem umsonst angehäuften Besitze. Unbewußt demonstriert auf solche Weise das Getier, welches Mensch sich da nennt, daß zu viele Exemplare es gibt von ihm, die allesamt zu agil in öffentlichem Raume sich bewegen, womit des Nächsten Freiheit sie restringieren. Dies bemerke in sozialem Kreise ich, wo weniger stark sie fort sich pflanzen als etwa des Meeresufers Ratten, die ähnliche Spektakel veranstalten sondergleichen. Schlachten möchten darob wir sie; warum denn dann nicht auch wir uns selbst?

Die Lippen befreit von öligem Mahle er, der versperrt den Weg mir hinfort von hier. Zudem entließ aus schützendem Verstecke die Wärme das lästig schwirrende Geziefer. Nahe kommt einem Wunder es, daß des Winters Kälte überstand jene stechende Plage.

Ein Dreigestirn dunklen Gehäuts wagt nun es zu betreten den Wall an salzigem Gestade. Die Gewohnheit lehrte den unbedarften Betrachter gleichwohl, daß derlei Anblick gehören müsse zu des Alltags Szenerie inzwischen in hiesigen Breiten, da vormals zur Ausnahme man es erkor, wenn solchermaßen kolorierter Teint auf den Steigen einem begegnete.

Der Drang, zu erobern die Welt, steckt in uns allen; der Dekadenz Langeweile treibt dabei uns voran.

Zerrissen ruht die Hübsche auf geglättetem Holze. Ihrer Meuchlerin Habseligkeiten weilen verschlossen daneben in rotem Leder. So kaltblütiger Mord zwar nicht gewesen sein es mag, gelte aber immerhin als Totschlag es aus Eifersucht aufgrund weniger Lenze, die der Jugend mehr das Opfer besaß. Wehe mir, wenn die Stirn gehabt ich hätte, mich anzunähern der Schönen! Meiner Abbilder Fetzen lägen dann jetzt verstreut um den Sessel, der nicht mehr sich dreht. Im Affekt zerstörte sämtliche Memorabilien die Furie. Was von mir bleibt, sei allein der Gedanke an verschwendete Jahre der Liebe, die nie eine war. Erneut ward betrogen die Vettel, so daß Rechtfertigung fand die Gewalt. Beständig vermehren die Tragödien sich in der Moderne: zu sehr sind gewahr sich die Menschen, was dort draußen so vor sich geht. Neid gedeiht demzufolge ins Uferlose allenthalben. Versäumten Gelegenheiten, die niemals existierten, trauert so man umsonst hinterher. Nachsicht übe also man mit mir, da mehrfach dies bereits ich erwähnte!

Der Gedanken Stoff setzt zusammen sich aus simpler Materie, so daß begrenzt sein muß die Originalität.

Es quält der Noblen Malaise den hehren Denker. Im Zaume zu halten den drückenden Schmerz, vermögen auch noch so exzessive Exerzitien nicht. Spät erhielt somit Recht die Radikale, die einst den Uneinsichtigen belehrte, daß des Geflügels Verzehr schädlich sei für ihn auf Dauer. Mit natürlicher Betäubung hilft der Hypochonder da sich selbst, obgleich dadurch des Mundes Feuchtigkeit ein er büßt. Es ruft sodann der Schlaf, den flehentlich er bittet anzudauern für alle Zeit.

Mitnichten tut stur er es.

Zu gewohntem Joche die Geliebte gerufen ward. Den Leib erschöpfte währenddessen ich entlang der Dünen. Geschwinder als sonst absolvierte ich das Soll, was erklärbar wäre durch meiner Physis zyklischen Rhythmus, welcher vor Kurzem noch befand in den Tiefen sich, zumal des

Morgens matt mir wirkte der Verstand so oft.

Bei des Leibes Ertüchtigung kam der Gedanke auf, wie zu betiteln sei das große philosophische Werk. Seltsam mutet durchaus es an, daß nicht schon früher blitzten jene Worte durch letztlich zu träge Windungen. Doch was kann "groß" denn bedeuten hier? Keine hundert Bögen umfaßte derlei Abhandlung, zumal das meiste gesagt sei in wenigen Worten. Gleich einem fleißigen Sensenmanne operiert die logische Klinge im Haupte; kaltblütig ward gejätet jeglich gedankliches Unkraut:

Sprache ist Denken.

Denken ist Materie.

Materie ist die Welt.

Achten müssen die Welt wir, damit überlebt unser Geschlecht.

So lauten die Axiome, welche allerdings nie ergeben einen Schmöker. Weshalb sind stets wir gezwungen zu schwatzen in Schnörkeln? Schwer von Begriff ist generell das Menschengeschlecht. Erklärt will alles sein mit ausufernden Metaphern in tausendfach variierter Gestalt.

Zittrig macht den Schriftzug meine unbequeme Position, welche abermals zu des Streites Objekt verkommt, sobald ich aufgebe sie.

Rapide multiplizierte das Gewölk sich, seit auf und ab gehastet hier ich war zu früher Stunde. Jetzt pflastert in des Leus Höhle die Vorstellung ihren Pfad: einstweilen suspendierte die Sorglosigkeit das ohnehin ängstliche Ich, dem ermangelt jegliche Alternative. Eine Zwickmühle hält gefangen den modernen Sklaven, dem verwehrt bleibe die Befreiung.

In bildlichem Glücke schwimme dennoch ich, so mit jenen mein Schicksal ich vergleiche, denen entzogen ward das schützende Dach unvermittelt und die sorgen sich müssen, daß bald Seuchen sie plagen. Keinen Trost allerdings spenden uns die, um welche schlechter es steht; vielmehr keimt in uns auf der Neid, wenn ihren Wohlstand stolz zur Schau tragen die Reicheren.

Zu einer Außerirdischen ward die Heiterkeit mir an einem Orte, wo das Brot inzwischen hart ich erwerbe. Der Blick gen Himmel zeigt Gitter mir; die Feile ertaste

mit den Kuppen ich und bemerke, daß
stumpf sie ist. Schwerfällig, mit starren
Lippen, begebe auf die Bühne ich mich.
Vergnügt hüpft die kleine Maid an seiner
Flanke. Gerne faßt bei der Hand sie ihn.
Stolz zeigt die roten Strähnen im Haar sie
vor, um Bewunderung zu erheischen. Die
gute Laune kann ihrer Mutter Legat nicht
sein. Neugierig wäre fraglos ich, was vom
Manne an der Pforte sie hält, den bei Morgengrauen sie passiert. Eine Nichtigkeit ist
er für sie ohne Zweifel, ein kleiner Zierrat
am Rande. Die letzten Lenze stärkten wenig nur ihren Wuchs. Leicht wird es ihr fallen, wenn weiterzieht der Vater und damit
auch sie versetzt wie eine Pflanze, die zu
groß ward für ihren Topf. Sorgen hingegen
müßte man hegen, so ihres Bruders Zukunft einen bewegte: kränklich schlürft daher das Jüngelchen, dem in gelblich-blei-
chem Antlitze gleich dunklen Murmeln die
Augen zu rollen drohen aus sprichwörtli-
chen Höhlen. Selten hört sprechen man
ihn. Zu sehr kümmern anderer Schicksale
mich. Zudem quält das greise Muttersöhn-
chen mich mit seiner wohlgemeinten Naivität. Die Uniform, welche zum Greuel mir

ward, sieht als Schmuckwerk der mitunter lächerliche Wicht und will nicht begreifen, daß Überwindung es mich kostet, jene Kleidung anzulegen, so nicht ich nachgehe dem Tagwerke. Zu vernunftlosem Trotte kehrt allzu willig er und gern zurück. Seinen infantilen Enthusiasmus einzudämmen obliegt mir, koste auch die Freundschaft es uns. Kaum etwas schmerzt mehr, als ein vorgegaukelter Freude Lächeln auf die Lippen sich zu pressen ob eines nutzlosen Präsents, sei der Gabe Geste noch so gut gemeint. Zu taktischem Großmanöver formt auf diese Weise das Vorhaben sich, diplomatisch erkennen zu lassen die beleidigende Wahrheit.

Nach oben richtete seinen Zeigefinger der Despot, als zu der Unterredung Beginn hin er wies auf unser beider Intelligenz, die damit implizit ab er mir sprach und obendrein deutete auf seinen Schöpfer, so daß den kümmerlichen Rest an Achtung von mir er verlor. Seinesgleichen sucht solch christliche Heuchelei! Sicher wäre jenem Niederträchtigen die Hölle, so den von ihm beschworenen Großen Richter in der Tat es gäbe! Aber so verhält eben mit seiner Politik es sich: für dumm verkauft seine Vasallen er, spielt gleichzeitig ihnen vor den Gottesfürchtigen, um dann wie Sklaven sie zu martern nach Gutdünken.

Das Gesetz erklärte jetzt mir den Krieg. Wertlos ward die Demokratie. Verschiedenen Welten gehören Macht und Weisheit an.

Ohne gewahr dessen sich zu sein, werkeln bestens sichtbare Burschen an ihrer Gattung Sinnbild: den Weg nach oben zerstören systematisch sie. Der Korruption Schandmäler errichten ihre Herren, die zu verstummen heißen mich werden in Bälde.

Seltsame Tage streichen vorüber an mir. An Apathie erkrankt zusehends der Verstand. Der Paranoia Pfuhl, in welchen ich sprang, verätzt die Windungen mir. Ungeahndet mißachtet der verschmutzte Wandersmann das Gesetz. So ich allerdings angeblich handle wider die Paragraphen, werde unbarmherzig und streng ich bestraft. Der Willkür gigantische Grenzzäune sperren mich, den zufällig Ausersehenen, ein. Niemand eilt zu Hilfe einem solchen Vogel, dessen Flügel mit klebrigstem Pech behaftete das Schicksal.

Abermals erreicht des Zyklus' Anfangs- und Endpunkt der Unglücksrabe: zur Gewohnheit ward das Warten mir!

Der Nächsten Observierung inspiriert.

Der uneinsichtige Tyrann, nicht fähig, seiner Linsen schmalen Schlitze zu öffnen, läßt in Hunger darben sein Volk. Statt Korn zu säen für sättigendes Brot, verteilt schwarze Klötze er, damit seiner Untertanen Mägen zwar sie füllen, aber den Hunger nicht stillen. Eingehüllt in sterile weiße Kittel, verpacken menschliche Maschinen eine Nahrung, die keine ist. Wenn um Kraftstoff es geht, vermag den Leib man nicht zu täuschen. Unmittelbar macht wohl bemerkbar sich der Mangel an Substanz: ein Lied weiß wohl zu singen davon der Dicke, dem unverzüglich rumoren die Innereien, sobald seines Gewichtes Verringerung droht, weshalb unheimlich leiden müssen die Untersetzten, wenn das gewohnte Futter ihnen man entzieht.

Furcht ist des Hypochonders Bürde.

In stetig kürzeren Intervallen bemächtigt seiner sie sich, so daß beinahe allezeit um sein Wohlbefinden er bangt. Nicht im Haupte, wo registriert wird die Pein, schmerzt des Fußes Scharnier, sondern dort unten, so daß um eine Amputation fleht der Geplagte, welcher sodann projiziert den Eingriff auf seiner Phantasie leinener Wand: auf artifiziellen Sichtschutz spritzt dort des Lebens Saft, so daß leidet der folgenden Schnitte Präzision; eine zittrige Hand vervollständigt schließlich die Deformation. Zur Rechenschaft zieht den Schuldigen der Betroffene nicht, da keinerlei Kontakte vorzuweisen er hat. Lethargisch starrt bis an seiner Tage Ende ins Leere er hinaus, wo weiterhin mit verbaler Tyrannis man ihn traktiert, an der letztlich er zerbricht. Bin tatsächlich einer ich, dem einzig träumt, daß ihn schmerzt der Leib, daß der sogenannten Mitmenschen Illokutionen tiefe Wunden ihm schlagen im Verstande, zumal keine Grenzen kennt Homos Unvernunft? Als des Äthers Könige sie preisen ihre willigen Werkzeuge, welche steuern der Annihilierung Apparate. Souveränität mißachten voll der Anmaßung sie, daß die Stärkeren sowieso sie seien. Massen lassen dahin sie siechen, wo rettende Mittel zwischen die Wolken sie pulvern unter dem Vorwande, daß ziviles Leben damit sie schützten. Einer Handvoll erhalten so die Existenz sie wohl. Argumente biegen auf eine Art sie, wie die Raumzeit es uns lehrt. In figürlichem Sinne franst damit die graue Masse mir aus. Zu ausgetreten ist der Grund, auf dem wandern meine Gedanken. Man lobt die Innovation; allein: in frischem Gewande nur präsentiert meist das Alte man. Allzu häufig die Charade gelingt wie etwa der verspäteten Stunde Gaukelei. Bald sehe im Hellen die Pforte ich, wenn den Rücken ich kehre der Bleibe des Morgens sowie zurück zu ihr des Abends komme. Zu kurz währt im Lenze des Lichtes Glück. Geschuldet sei dies der Fliehkraft sowie dem Zufalle, daß in falschem Kosmos ich weile. Als Genie kreierte den Ausbruch ich, der zurück uns führte zum absoluten Nichts, dem wir entstammen – wozu warten, bis das sogenannte natürliche Ende uns ereilt? Das Haupt trennt vom Rumpfe hierauf mir der legalistischen Klinge Wucht wie einer Guillotine scharfer Stahl. Im Baste öffne hernach die Lider ich nach vollbrachtem Henkersakte. Obgleich abhanden mir kam der Atem, erschnuppere dennoch ich des Korbes frisch geschnit-

tenen Strauch. Lange bleibt jetzt mir nicht –
der Wimpern Schläge Dutzend vielleicht,
bis des Lebens Licht erlischt vor mir. Am
Schopfe werde da ich gepackt. Nicht sicht-
bar für mich die Menge grölt; doch verstummt das Geschrei, sobald ins Auge sie
mir blickt. Gewiß der Pöbel erkennt, daß
dahin noch nicht ich bin, was ihn erschaudern läßt ohne Zweifel. Nicht in solcher
Furcht Gebaren reiht der Mensch mit ge-
schlitzter Kapuze sich ein. Auf eines Pfah-
les Spitze spießt mechanisch er, was noch
übrig ist von mir. Wohl wohnte inne ein
Zögern seiner Tat, zumal verfehlte das rau-
he Holz meinen sterbenden Verstand nur
knapp. Ungläubig glotzt mich an das ignorante Volk. Noch bäumen die Nüstern sich
auf, da ihnen naht die Erstickung. Mit den
Gliedern rudere in Gedanken ich, um ab-
zuwehren den Würgegriff. Ein Huhn flat-
tert und springt, so den Kopf traumatisch
es verliert. Meinem Leibe widme ich die
letzte Imagination: tat dasselbe er wie jener
des Piraten, der zu retten trachtete seine
Mannschaft mit legendenhafter Wette, die
einzig er verlor, weil gestellt ward ein Bein
seinem rennenden Rumpfe? Ein Schaudern

mag bewegt ihn haben, als entzogen ihm
ward der sogenannte Geist. Für meinen
Kasus hege die Hoffnung ich, daß seinen
Muskel lockerte der Anus in jenem Nu, als
von seinem kontrollierenden Haupte ihn
trennte man mit Gewalt, so daß Arbeit und
Verdruß er bereite den Sadisten bei des
Richtplatzes Säuberung. Exkremente vererbt gerne denen man, die einen demütig-
ten. Verdiente Gabe an sie sei dies, ver-
packt in Tüll und Schleifen. Verscharren
werden in ungesegneter Erde sie meinen
Kadaver zwischen den zahlreichen Na-
menlosen, die vergeblich sannen danach zu
verbessern das Hier und Jetzt. Also staube
wohl der Talg, da aus beträchtlicher Höhe
hinab in die Grube sie werfen mein Gebein.
Sorgen bekümmern sie um mögliche Seuchen, welche entsteigen könnten den ver-
wesenden Leibern. Näher jedoch rückt die
Stunde, wenn auch sie gewahr sich werden, daß ebenso letal ist ihre Krankheit, das
Menschsein! Zu vernichten das Gesunde
im Verstande, ist ihr Bestreben. Erreichen
dies Soll sie, stürzen ins Verderben auch
sie, früher, als lieb ihnen sein es mag.
Genug: geschäftig fährt ungeachtet dessen

fort mit der lästigen Pflicht meines Leibes stärkster Muskel. Gar als Fluch haftet mir an der Zwang, fortwährend abgeben zu müssen mit ihnen mich. Zu sehr beschäftigen mein Gemüt sie. Flüchtig abzulenken mich von derartiger Pein, vermochte die gesetzte Dame: Verhältnisse konstatierte bestärkend sie, wie auch mir sie zusagten. Jedoch schafft dies alles nicht aus der Welt die Niedertracht. Aus diesem Grunde sei durchaus vergönnt es mir, den schwammigen Verstand zu tränken abermals mit Absurditäten.

Dort, wo die Haut glättete der breite Ring, leckt lüstern die Zunge. Einen leisen Geruch erzeugte des Schweißes Stau unter edlem Erze. An benachbartem Finger tat sich auf ein Riß. In dunklem Burgunde schimmert die heilende Lücke, die dereinst zu unsichtbarer Narbe wandeln sich wird. An wuchernder Kutikula knabbert derweil der zersplitterte Zahn. Bald bedeckt Borke das Blatt. Was weiland wirkte wie wonniges Weiß, wird dort zu schmutzigem Gelb. Gleiches für den Samen gilt.

In der Erinnerung hieß sein kindliches Opfer der Schänder zu entblößen die

Scham. Man rekonstruierte den Vorfall in zensierter Version. Durch den Forst versuchte angeblich zu entfliehen ihrem Missetäter die Kleine. Doch alle, die lauschten solcher Darstellung, wußten, was wirklich geschah zu jener Mittagsstunde im Walde. Beider hastige Schritte raschelten am Unterholz, bis erheischt sie ward vom willigen Meuchler. Leblos schlug er sie, bedeckte sie mit umherliegendem Gezweig hernach. In seinem Sinnen versagte er, da sie wieder erwachte des späten Nachmittags sowie taumelte zu ihrer Rettung.

Abermals knistern zwischen den Kuppen die Brauen, damit deren Besitzer besser sich verschaffe Ideenwerk, das noch niemand äußerte bislang. Einst erzeugten des Schnauzes Stoppeln solche Illusion nebst des wirklichen Aromas von Nahrung, die vorübergewandelt war an ihnen auf dem Wege zum Schlund.

Im Munde gärt den Schlaf hindernder Trank, so daß niemand begehrt, mit einem zu sprechen.

Noch wirbeln des Schlummers Elemente in der Zirkulation. Längst erwacht bin ich zwar, um auf ihre Reise zu schicken die

Geliebte, doch es rebellieren die Glieder ob zu früher Agilität. In unserer Umarmung versank Armata aus Furcht vor der Ferne. Stärker als sonst knitterte der Umhang ihr wie als ihrer Aufregung Symbol. Verläßt ein Gebäude sie, orientiert in die verkehrte Richtung sie sich zunächst. Zweisam vermögen nicht dahin wir zu wandeln; wie eine Ballerina umkreise bei jedem gemeinsamen Gange ich sie, damit ja nicht zu einer Kollision es komme auf belebtem Steige. So wundert nicht selten gar sie sich, wo ich denn sei: mal vorn, mal hinten, mal zur Rechten, mal zur Linken. Zur Metapher gereicht also mein Tanz auf unserem Pfade zum Ziel für meine Wacht über ihr fragiles Haupt, daß keinerlei Leid zugefügt ihm werde – ihm und Amatas einfühlsamer Existenz. Übel spielt man ihr mit in fast jedem Nu. Doch wenn zumal keine Sorge sie kümmert, zückt die extravagante Börse sie und stellt sodann mit einem ihre Lippen zierenden, neckischen Grinsen fest, daß schon wieder leer selbige sei. Die Kosten hat der Dumme zu tragen. Schmutzige Scheine lösen glücklicherweise von meinem Besitze sich. Die frischen horte leider nur im Geiste ich, denn es trügt der Aberglaube, daß niemals sie mich verlassen.

Am Halse pocht der Puls. Aufzusprengen den Schädel droht seine innere Kompression.

Ausdruckslose Antlitze geben der Illusion sich hin, daß sich verbessere ihre Erscheinung durch ein kunstvoll geführtes Skalpell. Zuletzt kommt in den Sinn es ihnen, kosmetisch zu korrigieren ihrer unterer Lippen Schlaffheit, da diese schreckt den hypothetischen Begatter, der angeblich die Enge liebt. Klagen erheben sie wider des Geistes Zerfallen im Alter, wo zur selben Zeit sie an der gedanklichen Passivität sich weiden. Ihrer Gurgel Linie überschritt bereits des untätigen Konsumes Sumpf. Bald wird sie ersäufen diese Debilität. Mit Freuden nehmen hernach des Wachstums stupide Prediger zur Kenntnis es.

Einer weiblichen Wade Bestrumpftheit hält kurz nun gefangen den besessenen Blick, der im Geiste wandert hinan, getrieben von zwanghaftem Instinkte: nichts trägt unter dem dicken Mantel sie. Zu Boden wirft sie der Belzebub, dessen Lust sich steigerte durch ihrer Stiefel Präsenz.

Wie ein wildes Tier fällt über sie er her, als wäre fetteste Beute ihr unbedeckter Leib. Schnaubend observiert hernach er ihres Bauches Wölbung um den Nabel, da auch ihr Atem hastet. Das milchige Rinnsal erzittert durch ihres Herzens Schlag. Überrascht ward sie von des Angreifers Gewalt. Einem Klischee gab bei der Attacke er sich hin: sie hatte heraus ihn gefordert mit ihrer neckischen Art! Irrig deutete ihres Handelns Sorglosigkeit er. Nicht fähig, sich zu regen ob des Schreckens, liegt bar sie da vor ihm. Sobald zurück in seine Lenden kehrt die Lust, wird erneut bedienen er sich an ihr, denn ohne Bedeutung scheint dann es zu sein, ob ein Verbrechen mehr er beging oder nicht.

Im Verlies sperrten den Betuchten ein die Menschenräuber für eines Mondes Frist, bis das sie erhielten, was sie begehrten. Kaum nützte etwas ihnen dies, zumal aufgespürt sie wurden, jedoch nicht das Diebesgut, welches wertlos ward in der Lenze Lauf. Als seltsamer Kauz hatte gegolten der Geschädigte schon bevor gefangen man ihn hielt in dunkelstem Loche. Nichts unternahm gegen solche Reputation er, als Dekaden später ich ihn begrüßte. Verstört wirkte sein Gebahren; keinen Wortschmied von großem Talente hätte man erwartet unter der bärtigen Fassade.

Bevor zu nächtlicher Ruhe nieder ich mich legte, ward abermals geboren der blauäugige Knabe in meinem Haupte, dem da träumt, daß entdeckt werde sein angebliches Genie auf zufällige Weise, wie etwa, daß jener Stockfisch jetzt auf die Sprünge ihm hälfe. Sein Druckwerk hält in Händen also der naive Jüngling mit zuckenden Achseln und weiß keinen Rat sich, wie anzustellen es sei, damit der wunderliche Griesgram aufmerksam werde auf ihn. Sinnlos deucht da das Unterfangen ihm, denn alles hatte angehoben mit einem Mißverständnisse klassischen Naturells: mit anderem Namen ward angekündigt der hohe Gast; seines Kommens in edler Karrosse harrte man zu festgelegter Stunde, als längst die Niederen ahnten, daß anders es gestalten sich sollte wie geplant. Als in der Tat er dann erschien, rechnete niemand damit, daß wirklich er es sei. Im Glauben, daß es sich handele um irgendeinen, begrüßte gemäß des üblichen Zeremoniells ich ihn.

Während dem Kutscher er entrichtete den Lohn für die Fracht, ward seine eigentliche Identität mir bewußt, die mitnichten entsprach dem, was später herausstellte sich: zur Wahrheit wandelte sich die Antizipation.

Meinen Wunsch versagte mir die strenge Wächterin über des Palastes Tadellosigkeit: Furcht und Vorsicht hatten gehalten das Zepter über ihre Entscheidung. Für einen nichtigen Nu nur streifte sie ab ihrer Herkunft lebhaft-vulgären Charakter, um abzulehnen das Ansinnen ernstesten Antlitzes sowie mit ihrer Stimme traurigster Tönung – zu groß das Wagnis sei heraufzubeschwören des Gastes Kommentar, selbst wenn wohlwollend wäre ein solcher. Nicht verdenken möge man es ihr; auch sie haßt die einfältige rothaarige Hexe in des prächtigen Gemäuers Karzer, die dort schaltet und waltet nach unüberlegtem Gutdünken.

Abscheu verbündet.

Zudem gibt in solch edlem Baue einen weiteren Engel es, der die dilettantische Drude verachtet: der Zahlen Reich gibt gewöhnlich er sich hin; seines Wesens Güte enthüllte gänzlich durch eine Wohltat sich, als eigentlich zu erholen er sich gedachte auf Schwarzem Boden – den dort Eingeborenen brachte zurück in seine eigene Heimat dieser uneigennützige Mensch weiblichen Geschlechts. Beide trugen am Finger den güldnen Reif. Gar manches Mal sieht vertieft in prosaischem Gespräche man sie, so Pause sie abhalten zur selben Stunde. Wohl kommt zu keinerlei Zärtlichkeit es dabei, was nachdenklich stimmt den wissenden Betrachter: verhalten so Verliebte sich? Derartiges schürt in eifersüchtigem Gemüte die Hoffnung, daß keinem Manne gehöre solch hehres Weib, selbst wenn zu anderen Mägden hingezogen es fühlte sich. Ein jeder Bursche sähe dann noch Gelegenheiten, zurück es zu führen auf den richtigen Pfad. Ohne Abscheu nimmt man es hin, wenn zwei Mägde sich küssen an öffentlichem Orte. Der Ästhetik Hauch wohnt inne gar einer solchen Szene, wohingegen Ekel erregt allenthalben der Fall, wenn ein männliches Paar dasselbe tut.

Abermals spricht einer mich an, ein Jüngling - mein Antlitz mögen die Armen im Geiste. Sein Kunstwerk präsentiert er mir, das gezwungen ich werde zu lieben.

Auf Holz malte er es wie einst einer der Genialen Spanier, als es mangelte an Leinwand in des Sinnlosen Schlachtens Folge. Nicht bemittelt genug scheint nun der vor mir hier, um zu verschaffen sich den Untergrund, worauf seine Totenschädel in Rot und Schwarz pinseln er könnte. Kein Wort verstehe von dem ich, was er mir zeiht. Leise deutet seiner Stimme Bruch bereits sich an. Es ficht mitnichten ihn an, welche Qualen er bereitet mir, allein ihm zu lauschen. Nickend grinse und äußere summend gespielte Zustimmung ich, bis endlich es mir gelingt, von ihm zu lösen mich: der Ermunterung Wort ich also ihm schenke, daß nur immer weitermachen er solle mit seiner Kunst. Unter die Räder wird dennoch er geraten.

Mit Macht pustet vorüber das Gewölk der West an Bruder Sonne. Zur Menschenschau nutzte ich den Tag. Bald flüchten vor der Nässe sie in größter Eile. Teurer kommt zu stehen mich mein Weg zur Eremitage, so daß stetig schneller sich leert die Börse. Den Tag zuvor verschwendete mit Ärger ich um Arbeit, welche umsonst ich verrichtete. Des betäubenden Trankes Verzehr unterband sogar zu später Stunde ich, da ansonsten erst begonnen hätte die Feier.

Der Geliebten Abwesenheit trifft schwerer mich, als gerne zugäbe ich dies. Noch sprach nicht ich mit ihr seit des Morgens Grauen, doch wenn dann kommt die Zeit, so kürze bedacht ich ab die Unterhaltung, zumal nicht ersetzt das Gespräch die wirkliche Präsenz.

Der Windungen Wichte einstweilen tanzen ihrer Schadenfreude Reigen, da des sie beherbergenden Hauptes Eigner verzweifelt an Schizophrenie. Ein Ende zu bereiten dem Spuke, ist durchaus er gewillt; allein: zurück hält die Feigheit ihn. Lächerlich gar wirkt die Drohung. An des Lebens Freude die Ungewißheit nagt im Hinblick auf das natürliche Ende, vor allem, wenn seines käme vor dem der Geliebten. Relikte allemal dann ihr blieben, wie rostige Schienen, über welche längst nicht mehr rollte jedwede Lore, umrahmt von Pflastersteinen, die es wirken ließen wie ein Mahnmal. Wie oft glitt schon ich aus im Tagtraume auf schlüpfrigem Grund: der letzte Nu, bevor auf immer erlischt des Tages Licht.

Hektischer wird um mich herum das Treiben. Zu lange bereits verweile an diesem Orte ich, der weniger mich inspirierte, als zuvor gehofft ich hatte.

Des Botschafters Strenge den Befehl erteilte, den sogleich sie ausführte und dennoch umging, sobald möglich ihr es war. Das Experiment gelang: geschickt umgarnte den anvisierten Fang sie, welchem schwerlich nur gelungen es wäre zu entrinnen, da umgehend er zu erleichtern sich begehrte. In des aufrechten Führers Ohr mit medizinischem Verstande das rothaarige Gewissen etwas flüstert. Seines Hauptes hypothetisches Haar kräuselt in ihrer Gegenwart sich, die so gewaltig anmutet, daß kaum ihr zu widerstehen man vermag. Der Anderen Gier genießt in vollen Zügen sie. Nicht allzu ausgeprägt sind ihre Werkzeuge, um den Nachwuchs zu nähren; doch das macht nur verrführerischer sie. Ohne Ausnahme ergreift sie der Eroberung Instinkt. Sofort setzt ein die Balz, da filigran sie es versteht zu begeistern die männliche Masse. Den Wilden im Innern ihr Knurren reizt. Charmant zu erpressen den reservierten Führer ohne Schwierigkeit ihr gelingt.

Mit Sachverstand, der solange nicht im mindesten selbst sie kümmert, bis sie erreicht ihr Ziel, berührt den Wissenschaftler sie. Sein Verlangen unterdrückt dabei der den Langweiler Spielenden. Unabsichtlich richten Unheil an die kindlich Ehrlichen und bahnen so den Verliebten ihren Weg. Gegen Willen und Gelüste kämpft der Rechtschaffene sodann. Des Friedens Geste begreift er nicht, obgleich der Völker Harmonie über alles er schätzt. Die menschliche Gabe, mit der als Symbol den Repräsentanten man bedenkt, verdient jener Wesenslose mitnichten. An Handel und Profit ist einzig er interessiert wie die aufmüpfigen Kaufleute, die das Präsent ehrlich zu erwerben gedachten zu ihrem persönlichen Vergnügen.

Bei ihrem Anblick versagt die Stimme ihm; an seiner Schläfe gleiten zärtlich ihre Finger hinab. Ernsthaftigkeit und Trauer zugleich spiegeln in seinem Antlitze sich wider. Zurück das Gewissen kehrt am Morgen. Seine Macht zur Entscheidung wird behindert durch Ratlosigkeit, wozu Eifersucht sich gesellt. Zu seinem Glücke hüllt an entscheidendem Tage in ein Ge-

wand sie sich, das keinen Anlaß ihm gibt
zu begehren sie weiterhin, obgleich Worte
sie spricht, die auf anderes deuten. Vollzogen wird das unsinnige Ritual. Der an-
schließende Kuß den Betrachter ekeln muß.
Neugierde packt am Ende den Greis, der
sich erkundigt, wie zu widerstehen es gelang dem Führer seines Schützlinges weiblichen Reizen, doch sendet ihn fort der Be-
fragte auf diplomatische Art.

Zurückgehalten ward der Betrogene, seinen Zorn auszuleben an neuem Blendwer-
ke, welches der Manipulation Installateure
neu errichteten vor kurzer Zeit.

Nieder setzt der fette Geschäftemacher
sich und versucht zu bestechen jene, die
unkorrumpierbar scheinen. Es täuscht die
Hoffnung, denn jeder trägt mit sich die
Bürde der Verbundenheit durch Blut oder
Mammon. Kein Mensch frei ist von Obliga-
tionen, welche er schuldet einem Nächsten.
Sobald einer greift nach der Note, verdammt zur Gegenleistung er mich, die so
verhaßt mir ist. Abhacken könnte die Hand
ich mir, sobald in Schwäche ich akzeptiere
die Nötigung, versüßt durch materiellen
Gewinn. Nicht verächtlicher sich gebart

der Offizier, der opportunistisch leckt den Speichel des Drachens, welcher in jedem kommenden Nu auszuspeien droht sein Feuer über mancher Untertanen Ungehorsam. Geräumt für den Auftritt ward die Bühne, wo nun erscheint das Trauergesicht, wie Amata zu nennen es pflegt. Mitnichten aber ist das Weib es, das langweilt, sondern an seiner Seite der selbsternannte Wohltäter, der auf sich zieht die Antipathie. Des Trunkenboldes Partei ergreift der Objektive, denn verschmähte Liebe fördert den erhöhten Zuspruch zur Flasche, wie ein jeder verstehen mag. Unter des Offiziers Großzügigkeit verrutscht das Toupet. Den Musikanten jenes weibliche Unglück zwingt anzustimmen der Vergangenheit Melodie, welche heraufbeschwört von Neuem die Trauer in des Raubtiers vernarbter Miene. Ohne jegliche Aufrichtigkeit tauscht sodann man Höflichkeiten aus. Ins Gesicht steht Rivalität geschrieben den zuvorkommend und subtil Streitenden. Zu quälendem Schmerz artet aus das vermaledeite Wiedersehen. Der Unentschlossenheit Heuchelei verhüllt ihr weißes Gewand, da zwischen Liebe und Vernunft sie schwankt, während einzig debattiert wird über Belanglosigkeit. Zum Diener erniedrigt die schwarze Fliege an seinem Kragen jenen, der ansonsten so geschickt das Zepter führt. Mit geplanter Skrupellosigkeit betrügt alsdann den Blauäugigen sie, der am nächsten ihr war in letzter Zeit. Des Lichtes Kegel erhellt in Intervallen der Flasche Kontur. Der Betäubung Schleier umgarnt seine Sinne, so daß einzig der Erinnerung hinzugeben er sich vermag sowie die Gegenwart er vergißt im Rausche. Begradigt hatte das Gebiß man ihr. So scheut mitnichten er sich, seine Lippen zu führen an die ihrigen. Der Heiterkeit Anflug befällt kurz sie da. Nichts hindert in diesem Nu sie zu genießen das Leben, solange gestattet ihr wird solch' Handeln. Der Wahrheit Last bedrückt die Laune ihr bald. Wie Marionetten eilen zum Fenster sie, um zu lauschen einer bleiernen Stimme, die unverständlich droht mit Unheil. Bedeutungslose Worte verschwimmen im Naß, das hemmungslos von oben strömt. Skeptisch lugt unter dem Schirme sie hervor, der ihr Haupt bedeckt. Zum fetten Händler gelangen unverzüglich sie, geführt von des intuitiven Gebarens Seher. Nicht alleine an sich selbst denkt begründet der Gute. Womöglich hat ihm sie sich versagt für geraume Zeit, die bereits zu lange ihm währte. Sein Handeln jedoch wirkt, als ob keine Triebe er kennt, als ob seine Lenden zu lahm ihm seien, um zu üben sich an allzu menschlicher Aktivität. Als provokativen Ausgleich schürt weiter er den nationalen Stolz, für den in keinerlei Kontext eine Rechtfertigung es gibt.

Welch' Glück, daß den Diminutiv es gibt sowohl für Dinge wie auch Personen!

Eine liebgewonnene Gewohnheit, die selbstauferlegt versagt einem wird, führt zu Ratlosigkeit zunächst. Weil kein Mangel herrscht jedoch an Alternativen, ist umgehend getroffen eine Wahl. Das köstliche Gut versteckte im Schranke sie, so daß gezwungen man sich sah nachzufragen, ob immer noch über es sie verfügt. Ihrer Herkunft Kühlheit unterbindet ein Lächeln. Flink bereitet das Mahl und den heißen Trank sie mir. Stutzen macht mich des Bechers Gewicht, welches zu gering mir deucht, als ob vertreiben es könnte meine Müdigkeit auf des ganzen Tages Dauer hin. Hingegen besänftigt den anfänglichen Ärger der erste Schluck: nur in kleinster Menge gelingt zu nippen mir die Flüssigkeit, welche seltenst bisher so heiß serviert mir ward.

Grammatische Strukturen der Gedanken Fluß mir verbauen. Unsicher, ob stimmen die Bezüge, lese den Satz ich zehnfach durch, den Satz, der untergeht in tausenden, die einzig ich zu lesen mir erlaube. Was hier steht, ist richtig – niemand darf in Abrede es stellen.

Nahe liegt die Befürchtung, daß meiner harren erneute Tiefschläge, da bald nach oben ich steige. Nicht wert sind die Niederen es, daß über sie ich erzürne mich. Ergraut sind die Schläfen mir bereits; an Orten, wo gerne ich es hätte, verläßt in Büscheln mich das Haar – dort, wo es wuchert, bevorzugte kahle Stellen ich; es schwillen der Finger Gelenke, worauf zudem austrocknet die Haut; noch bar der Schmerzen zwar, sorge dennoch darum ich mich, daß des Adels Krankheit heimsuchen mich könnte.

Wieder spricht Bruder Innerlich zu ihm, so daß genötigt er sich sieht zu antworten dem Unsichtbaren, doch stets Präsenten; am Knopfe im Ohr mangelt ganz offenbar es ihm, weil sein Äußeres dies bestärkt: um einen Umnachteten handelt es sich, einer von vielen, zugrundegerichtet im Geiste von dem, was nähren uns sollte gerade dort: die Gesellschaft zerrüttete ihm das Gemüt. Noch besitze dieser Bibel Manuskript ich, bevor vermutlich ebenso weit es kommen mag mit mir. Nun gönnt der Umgebung eine Pause der Rufer mit seinem Wahne, da nieder er sich setzte und das Mauerwerk kontempliert. Schwappt mein Verstand hinüber zu seiner Seite dereinst, so frage ich mich, worüber dann laut lamentieren ich werde. Ins persönliche Präteritum bewegte wohl ich mich in solchem Falle, und nicht zu kurz käme das Feminine in einer einzigen Person Gestalt.

Wenn nicht so neugierig wäre der Mensch, ersparte viel Kummer er sich: geheilt geglaubte Wunden reißen stets auf diese Weise wieder auf, so zu viel in alter Erde man gräbt, bis einzig auf vermodernde Leichen man stößt, wie jene, die dahinwelkte in aufgesetzter Geschäftigkeit. Das Porträt ihrer selbst, welches eigens sie erwählte, damit in postivem Lichte sie erstrahle, schmeichelt wenig ihr; wenn von Ferne man es betrachtet, ähnelt noch sie einer jungen Maid. Den Verdacht erweckte des Bildnisses näheren Augenschein in mir hingegen, daß eine Krankheit zehre an ihrem Leibe und Gemüt; eher sei die Hoffnung es, denn wenn das Tagwerk sie wandelte zu dem, was dort zu sehen ist, bedauerte zutiefst ich sie. Eine Litanei verfaßte zum eigenen Troste ich, daß frohlocken ich sollte ob des anderen Lebens, welches beschieden mir ward in ihrer Ablehnung Folge. Wohl sehe nun die Gründe ich ein; allein: wie will wahrhaben ich dies?

Nun fand eine Verwandte im Gemüte der Entrückte, die ihn redet in Grund und Boden! In der Tat scheint wirklich zu lauschen er dem, was ihm zu zeihen sie hat. Ihres losen Mundwerkes Anblick ließ völlig ihn verstummen.

Von Neuem säumen der Straßen Ränder der Ignoranz Fehlgeleitete, um auf die Pirsch zu gehen nach unmündigen Seelen. Vom Aussatze werde befallen ich Heide, wenn vorüber an ihnen ich trotte, da konsequent abweise ich den Heilsbrief, welchen vor meine Nase sie halten in überheblichem und unangemessenem Triumphe. Zu selbsternannt hehren Gläubigen haben Langeweile und selbstverschuldeter Bildungsmangel sie gemacht: anstatt zu erweitern ihr Wissen, huldigen dem Spirituellen sie.

Der gute Mensch Jesus, der Schurke Christus; das liest jetzt die, der leicht über die Schulter blicken ich kann. Den Weisen muß bekümmern es, daß mit einfachstem Gedankengute einem Zimmermann es gelang, mehr Einfluß auszuüben auf die Menschheit als ein jeder talentiertere, systematischere Philosoph. Daß zur Bibel nicht ward die Große Apologie ohne jegliche religiöse Ideologie, schmeichelt wenig dem durchschnittlichen menschlichen Verstande! Lieber glaubt eben man, daß auf Wasser zu wandeln vermag ein einfacher Handwerksmann, als daß ein Bestreben man unterstützte, das wissend machen sollte die Jugend!

Den Atem raubt mir ihrer Augen Hast, wie über die Zeilen sie gleitet, so daß ich scheitere zu zählen, wieviele letzterer sich finden auf einem Bogen. Der Wettbewerb, den ansonsten ich scheue mit höchstem Bedacht, peitscht nun zu angestrengtem Starren mich an. Dicke Blätter erspähe ich, nicht allzu voll beschrieben. Langsam besänftigt die innere Aufruhr sich. Flink verpacken das Gelesene in schäbigem Beutel ihre kurzen Finger. Krümel hinterläßt achtlos sie, in deren Konstellation des Wälzers Thema konstruieren könnte ihre persönliche Zukunft. Schon füllt eine mindestens doppelt so Breite ihren Sitz, welchen eben erst preis sie gab. So diese da jetzt sich wohl erhebt, tut der Stuhl mit ihr zusammen es gar. An den Lehnen muß greifen sie ihn, damit von ihrem Gesäße er sich löse. Eines modernen Möbels Wunderwerk kollabiert mitnichten unter ihr, sondern hält tapfer stand ihrem Gewicht, welches konsequent sie nährt im Unverstande. Hübsch könnte sein ihr Drittel. Wenig anders wird verhalten es sich mit ihrem Glauben als mit demjenigen ihrer Vorgängerin. Halbwegs aufgeweckt wirkt ihres Leibes Tönung. Uns voran gehen hier die Gelben. Drei Stufen sehen in religiösem Aberglauben wir; und eben so in der Menschen Farbigkeit: fast völlig entsagten einem Schöpferwesen die

Gelben und preisen einen, der die Meditation sie lehrte; zur Wissenschaft erhoben die Weißen ihren Gotteswahn – die heilige Metaphysik; den Naturgewalten als Dämonen huldigen schließlich die Schwarzen, beschwören jene mit ihren Hexen und Zauberern. Wird je einer Haut Farbe es geben, die für absolute Aufgeklärtheit steht? Schneller schreitet voran die Destruktion, als sich zu entwickeln vermag der Menschen Verstand.

Als fruchtlos entpuppte eines simplen Mechanismusses versuchte Reparatur sich am Ende, wobei weniger mangelndes Geschick oder fehlende Sachkenntnis verhinderten den Erfolg, als vielmehr eines früheren Ingenieures Inkompetenz. So ohnehin schon äußerst widerwillig solcherlei manuellen Aufgaben ich mich widme, sollten wenigstens reibungslos zu erledigen sie sein. Den unpraktischen Denker schmerzt stärker es in seiner Ehre als jeden anderen, wenn ohne Resultat einer solch nichtigen Tätigkeit seine kostbare Zeit er opfert. In Erinnerung brachte der Ärger mir den einen, welchen zu entlohnen ich hatte für nicht erbrachte Dienste. Vergebens blieb, wie gewohnt, die Beschwerde. Gezwungen ward am Ende ich zu zücken meine Börse für nichts. Des Feilschens und Streitens Geschick ist mitnichten gegeben mir.

Punkte bewegen wieder auf dem Sande sich. Durch die Wolken huschen geräuschvoll mechanische Fliegen. Zu annihilieren imstande wären sie die winzigen Ziele am Strand. Woanders geschieht dies in der Tat. Harmlos wirkt all das aus der Ferne, wie nichtsahnender Kinder Spiel. Ein Knabe richtet auf mich die Mündung und simuliert den Knall, erwartet sodann, daß ich stürbe ohne Verzug. Unbedacht lehrt das Töten man sie, die Kleinen, die dereinst lenken werden der Menschheit Ungeschikke. Ausgeschlossen scheint dem Weisen zu vermitteln die Friedfertigkeit in den letzten Winkel. Der Hoffnung Fünkchen in ihm glimmt jedoch vorzubeugen der Aggression, wenngleich nicht allenthalben, so doch in kleinem Kreise, um voranzugehen mit gutem Beispiele, welches dann allerdings findet viel zu wenige Nachahmer – je zahlreicher ist die Menschenbrut, desto größer wird die Gefahr vor Konflikt, zumal das Ich regiert mit seinen vermeintlichen

Rechten. Allgemeine Eile verwehrt Erklärungen, so daß gedrängt zur Hast, eine notdürftige Rechtfertigung heraus ich stammle, die keinerlei Gehör zu verschaffen sich vermag. Ohne mein Dazutun fallen nun des Brettspiels aufrecht gestellte Orthogone reihum, doch mir geben wohl die Schuld sie daran, zumal ich berührt haben soll jenen ersten und entscheidenden Klotz, wodurch passierte das Unangenehme.

Ungeduld sowie das Insistieren auf abwesende Rechte beschwören sogenannte Unfälle herauf. Lange debattieren hernach darüber sie, wie vermieden hätte werden können das Malheur. Schließlich muß der Urknall sich verantworten vor ihrem Ultimativen Gericht. Der Beschuldigung sieht ausgesetzt er sich, vorgefallen zu sein.

Das kindliche Vertrauen ergreift in ähnlichen Fällen die Mutter sodann: das entsprechende Datum begehrt zu erfahren sie, damit ihres Gebetes Wirkung zu verifizieren imstande sie ist. Zu fördern ihren Aberglauben, widerstrebt mir zutiefst, obwohl Gleichgültigkeit walten lassen ich sollte, nicht zuletzt in ihres Alters Anbetracht.

Mein treuster Freund, der debile Greis, strebt an, seine Präsente aufzuzwängen mir von Neuem: seines Verstandes wie auch Gedächtnisses Kürze gestatten mitnichten es ihm, anders zu handeln. In selbem Maße wie ich strebt auch Amata nach Harmonie; dies mag begründen ihren Versuch, meinen Ärger zu lindern mit Ratschlägen zur Diplomatie. Klare Grenzen müßten aufgezeigt ihm werden, sprach da im Trotze ich, sonst käme zur Ruhe ich nie vor seinen fehlgeleiteten Anwandlungen, welche erstaunlicherweise nicht hervorgerufen wurden durch des Wundertrankes übermäßigen Genuß. Im Gegenteil: vor unzähligen Lenzen schwor bereits ab er dem Gebräu, ohne je gekostet davon zu haben, als nämlich dessen Wirkung zu spüren er bekam von seiner Kameraden Seite. Abscheu empfindet er vor dem Rausche, der die Erinnerung in Schleier dem Säufer hüllt; allein: tausendfach erzählt Dinge er mir, als ob selbst trunken er wäre. Einem dressierten Tiere gleich, äußert dasselbe er wieder und wieder, so daß wohl in der Lage ich wäre, zu Ende zu führen seine bereits begonnenen Erzählungen ohne Fehl und Tadel. Die

Frage stellt da sich mir, wie lange noch identifizieren er kann meine Person, so er sie sieht.

Ich schaue auf: eine schmarotzt dort, an des Fensters Front mit spektakülärem Ausblick, die Atmosphäre. Sie sagt, sie warte. Heuchlerisch studiert die Liste sie mit des Tages Gerichten. Unvermittelt senkt ihrer Lektüre Objekt sie, um zu gaffen, was wohl denn geschehe. Personen, die sie kennt, erscheinen in der Tat. Man macht bequem es sich und ordert ohne Verzug. Aufdringlich weht zu mir herüber ihrer weiblichen Bekanntschaft Mief. Wild gestikuliert die personifizierte Hyperbel. Von entgegengesetzter Flanke heiße zum Glück einen angenehmeren Luftzug ich willkommen. Selbst wenn mich belästigt jener Dunst, so genieße dennoch solchen Urlaub ich für wenige Stunden. Länger verweilte gerne ich, doch meine Präsenz fordert des Alltags Tretmühle, an welcher gekrönt ward von Erfolg des Leidenden Ausdauer: einen Überbezahlten sparten wir uns! Ordentlicheres Werk wußte der Laie zu vollbringen denn der Experte; nichtsdestoweniger auf meinem Gemüte lastet das enge Leben.

Schmauchend möchte mitnichten den Weg
ich versperren dem arbeitenden Volke.
Kein Vorbild stellen allerdings dar für
mich jene in leuchtender Jacke und mühbe-
flecktem Gewande. Einem Schmähworte
ähnelt jeder zweite Laut, den hervor sie
gurgeln. So in Konkurrenz sie stehen zu-
einander, gedenken ohne Unterlaß sie zu
ruinieren des Gegners Leumund. Nun erkannte persönlich das Ich, daß es selbst sei
der beste Mechaniker! Verloren ging das
Vertrauen in des Anderen Fertigkeiten.
Nicht selten, als noch vor mich hin ich pu-
bertierte, redeten mir ein jene, die besser
wissen es sollten, daß zwei linke Hände ich
besäße, ererbt vom Vater, der nichts taugte
im praktischen Leben – durch nichts ward
verifiziert solch' manipulativer Schluß als
ein einziges Ereignis, wenn überhaupt. Einen Theoretiker schimpfte den allüberall
Unterschätzten man, ohne Gelegenheiten
zu bieten ihm, daß überzeugen er könne
vom Gegenteile die Voreingenommenen.
An sämtlichen Ecken und Enden bessert
nun aus der Philosoph seine bescheidene
Bleibe. Sobald sich ergibt ein mechanisches
Problem, wird er gerufen, damit Abhilfe er

schaffe mit seinem Wissen um die Erkenntnistheorie. Der Reinen Vernunft Anwendung zeigt ihre Unterlegenheit auf den Lebensweltlichen. Jedoch nehmen unterbewußt nur sie dies wahr. Weiterhin wandelt mit Blick gen Gestirne gerichtet in ihrer Vorstellung der Weise durch die Welt, bis unversehens ohne Wacht auf seinen Weg in den Brunnen er fällt, so daß wohl spotte eine neckische Magd über sein entrücktes Gebaren, wenngleich längst selbige verschied in der Philister Hirngespinsten. Niemand jedoch harrt, um zu lauschen meinem Berichte.

Geschwinde fällt anheim der Langeweile des Pöbels gedankenlose Masse. Wird unternommen es, sie zu bilden, muß eine Abstraktion man verkaufen ihr, denn langweilig ist es zu wissen, ja: langweilig ist die Wissenschaft, zumal nichts Spektakuläres anhaftet dem Beobachten, Registrieren und Prognostizieren. Sensationell hingegen hat zu erscheinen das Phänomen, wenn nahegebracht es werden soll dem Ungebildeten. Der Materie knallenden Effekte verwendet also man, um zu erregen die Aufmerksamkeit derer, welche bereits abstumpften und ertranken sodann in der Reize Flut. Zunächst schieben in den Morast den Karren sie, damit beklagen sie können im Anschlusse, daß keinen Antrieb besitze dies Gefährt, um aus eigener Kraft zu befreien sich aus dem Schlamassel. Wie einen Aussätzigen behandeln hernach sie den Gelehrten. Aufzubegehren schickt mitnichten es sich im Kreise der geistig wehrlos Gemachten. Ein gar gefährlich' Spiel triebest wohl du da, so an Herausforderung du dächtest. Um Ablenkung zu verschaffen mir von solcherlei Unbill der Existenz unter der Ignoranten Herrschaft, polierte leidenschaftlich ich das gefälschte Gold, dem vorzutäuschen gelingt Nobilität dem naiven Besucher. Die durch Leder geschützten Finger glitten trotzdem mir aus, so daß sich verletzte einer davon. Tagelang wird jetzt mich beschäftigen abermals die geschlagene Wunde, bis ihre Heilung erreicht einen Grad, daß offen zu tragen die Hand ich wagen darf. Die geringste Berührung öffnet wieder sie und wieder. Von rinnendem Lebenssafte wird bedroht des Kragens Weiß, das viel zu nahe kommt dem purpurnen Quell. Einstweilen zwinge zum Schweigen des Rückgrates Extension ich aus Mangel an Geräuschen im Hintergrunde. Eifernd bedürftig, sich mitzuteilen, verspricht zu bleiben das andere Antlitz für des Tages Rest. In Konkurrenz trete damit ich zu einem, der stets parat hält die angemessene Replik. Die Nahrung, welche des Morgens auf er nimmt, sorgt für Brisanz in seines Rumpfes Innerstem. Sobald flatternd entweicht der Lärm, schafft Heiterkeit er bei Gleichgesinnten, die kindliche Knaben blieben im Gemüte. Verschwiegen wird das Phänomen von der Weiblichkeit, da selten der Witz entschädigt für den Dunst. Schwäche zeigt die spekulative Kraft, so an die Dame ich denke, welche einreihte sich vor mir: hätte wohl die Nase sie gerümpft mit verächtlichem Blicke nach hinten, so lautstark entfahren mir wäre das Menschliche? Oder hätte einen Satz sie gemacht zur Seite vor Schreck? Medizin, welche ein wenig weiser Quacksalber ihr verschrieb, verwehren den welkenden Eingeweiden, Wolken zu entwickeln, welche wohlig wirken, sobald Wiedersehen sie winken dem Wesen, wo sie währten. Mürrische Falten zeichnete auf ihr Antlitz sie, weil störrisch

den Flatus sie unterdrückt wie der Despot
sein leidendes Volk, damit ja keine Blöße
sie gebe sich. Kommt zum Ende schließlich
der Tag, birst beinahe unter ihr das Por-
zellan durch das, was aus ihrem Leibe sich
drängt mit Urgewalt. Keiner wagt sodann
zu betreten den Raum für längere Zeit, wo
dies geschah. Klarer sieht jedoch die Zukunft sie nach der Erleichterung. Mitnichten wird allerdings es lehren sie, weniger
das zu bändigen, was uneingeschränkte
Freiheit begehrt ähnlich den Unvernünfti-
gen, die dazu im Kontraste man besser
knebelte als in der Tat walten sie zu lassen,
wie ihnen beliebt. Manchmal macht Angst
mir in dieser Manier meine Meinung: Die
Menschen mobben mich zu meiden das
Moderate im Mentalen, das einst zu zieren
vermochte die Philosophie. Des Daseins
Erfahrung zersetzte zu bröckelndem Orna-
mente den einst so makellos schnörkeligen
geistigen Stuck.

Als nach getanem Werke der Menschen
Presse in eines Palastes Gestalt den Rücken
ich kehrte, tat das rote Höllenweib genau
dies in Relation zu mir. Den Schritt be-
schleunigte infolgedessen ich, so daß selbst

hypothetisch nicht einzuholen vermocht sie hätte mich nach beendetem Gespräch, in welches vertieft sie war, als geschwinde ich passierte sie. Sicherstellen sollte das Entkommen der Marsch. Des Schreckens Blitz traf mitten auf dem Wege zur Eremitage mich, als plötzlich in meinen Sinn sich schlich die Frage, was wäre, wenn einzig übrigblieben wir beide vom gesamten Menschengeschlecht. Aus sozialen Wesen bestehe jene Brut, so sagen sie selbst: ob dies noch gilt, so gezwungen wir sind zu teilen die Existenz mit einer verhaßten Kreatur? Unseres Lagers Feuer schüre ich da, bringe herbei die Fische aus dem Meere, die dann zubereitet zum Verzehre das unsägliche Wesen. Schweigend nehmen zu uns wir die Nahrung. Ab wende ich von ihr mich nach beschlossenem Mahle in der Hoffnung, daß dasselbe tue sie. Hingegen treibt zu mir sie des Lebens Instinkt, der von ihr Vermehrung verlangt, um einzufordern von mir, was Einsame begehren. Wahrscheinlich würde gewähren ich ihr den Wunsch, zumal schwerer es fällt dem Manne zu beherrschen den animalischen Drang. In anderer Spielart bin ich es sogar,

der sie sich nimmt mit Gewalt. Ihren
Schmerz genieße da beim Akte ich, ihrer
Wehrlosigkeit Schrei, den angehalten ich
war zu unterdrücken, als sie beging ihre
Schandtat an mir. An ihres Rückens Anblick ergötze ich mich, sobald schroff sie
zuwendet ihn mir, nachdem abgelassen ich
habe von ihr: Scham und Schande degradieren zu gekrümmtem Gewürme sie.
Schluchzerei entflammt erneut Erregung in
meinem Geschlechte. Zu meiner Befriedigung bloßem Objekte reduzierte sich ihr
Leib. Töten wird sie mich müssen, so verhindern sie will, daß abermals es geschehe.
Des Endes Gefahr schreckt mitnichten
mich, im Gegenteil: von ihrer Präsenz erlöste es mich! Kein Richter klagte mich an,
noch urteilte über mein Handeln er, um
womöglich anzuweisen den Henker! Da
allerdings eines anderen Menschen Leib
nicht zu verletzen ich vermag in der Wirklichkeit, sieht voraus die wahrscheinlichste
Spekulation, daß zu sprechen wir beginnen, um zu bilden einen zweisamen Bund,
der diene unser beider Zwecke. Ein Paar
sei wohl zu arrangieren sich imstande! Zu
viele wären sicherlich der miteinander

feindseligen Spezies dreie: Zwist entstünde wesentlich früher da! Zumindest könnte die Biestige nicht mehr vergehen sich an mir wie zuvor, weil sie stünde in meiner Abhängigkeit; allein: um wievieles lieber erköre eine andere Person ich mir, um mit ihr zu teilen solcherlei Not, allen voran die Geliebte, die zudem ansprächte meinen Instinkt für des Schwachen Schutz! Als Ritter verteidigte ich sie vor der Natur Unwägbarkeiten sowie mit deren Schätzen versorgte ich üppig sie als Jäger. Gerne ersparte das harte Leben ich ihr, wenngleich unvermindert die Hoffnung ich hege, daß unbeschadet an Leib und Verstand unser beider irdische Existenzen dereinst beschliessen wir dürfen gemeinsam.

Obwohl überzeugt ich mich gebe, daß keinem Menschen zufügen ich könnte physische Pein, sorge dennoch ich mich, daß für gewisse andere Säuger nicht gälte dies, denn blutrünstiges, aggressives Gebell schreckte am Morgen mich auf, als draussen ich ertüchtigte mich. Wie jener Waffe aus Fell und Fleisch Herr zu werden sei, überlegte furchtsam und zornig zugleich ich da. Bleib' stehen brüsk! Sieh' ins Auge dem Biest, um vorherzusagen, wohin sich richtet sein Gebiß! Reagiere schnell und doch besonnen! Brich' die Beine ihm! Stich' aus ihren Höhlen der Furie Augen mit deiner Daumen scharfen Nägeln! Einmal wehrlos gemacht, tritt' den Schädel dem ungezäumten Tiere ein, oder schwinge bei seinen Hinterläufen durch die Lüfte es, so daß nach dem Fluge sein Gehirn zerschelle auf hartem Asphalt! Womöglich ist zu kräftig und gewieft mir die wilde Kreatur, so daß eine meiner Lebensadern auf es reißt – zu sehr gewöhnt an die Niederlage bin ich, als daß in wirklichem Kampfe bewähren ich mich könnte.

Argwohn, Zweifel am Selbst sowie des Verlustes Angst klammern um mein Gewissen sich nun. Das Schmähwerk sandte den Freunden ich, die noch nicht bestätigten dessen Erhalt. Ihre Zuneigung, so fürchte ich, werden jetzt aufgekündigt sie haben mir, so sie lesen, wie zu brisanten Sachverhalten radikal ich stehe. Schwinden sehe den Zirkel an Bekannten ich dadurch und verweigere ein Urteil mir, ob gut dies sei oder nicht.

Dem Alltage bin abermals ich nicht gewachsen: nirgendwo scheint erwünscht mein mickeriger Mammon! Die Identität zwingt nachzuweisen man mich, um vermeintlich verwalten zu können meine schmutzigen Silberlinge! Als fremden Körper behandeln sie mich, als Eindringling, der streitig macht ihren Platz den müßigen Einheimischen: einen Rock trage ich, werfen sie mir vor, der nicht zustehe mir, noch leiste die Zunge das, worauf schließen lasse das Äußere. In des Zwirnes kariertem Muster finde ich mich wieder, gleich einem Labyrinthe, dem nicht man entrinnt, zumal niemals es endet irgendwo.

Vorübergehend lichtete der Dunst sich unter des wärmenden Sternes Strahl. Bald jedoch kehrte zurück des Nebels Frische, da zu laben ich mich hoffte an der lauen Luft. Zu spät erscheine häufig ich auf diese Weise, um zu profitieren von angenehmen Gütern.

Sanft umgarnt den zerfurchten Fels die Gischt. In der Gezeiten leisem Rauschen erkenne ich wieder das Ideal, nach welchem ich strebte schon immer. Dahin plätschere mein Dasein nach solchem Vorbilde!

Hast und Ungeduld, die heischen nach einem Nichts, verderben jenes jugendliche Ansinnen alldieweil.

Des Bogens Hälfte vermochte zu füllen ich, wonach ich mustere der Flasche Krone – ein Stern den Deckel ziert. Den Genuß ertastet der Gaumen. Bis zum Schlunde muß langsam fließen das dunkelblonde Gebräu, damit zur Gänze sich entfalte sein Geschmack und so des Genusses Wohligkeit übermittelt werde dem Gehirne. Einem Dessert ähnelt der Trank, welchen aus Verlegenheit ich ergriff vom Regale. Einst warnten der Gesundheit Apostel, daß solche wie ich, die stets zu kühl zu sich ihn nehmen, zum Opfer fielen der tödlichsten Krankheit in signifikanter Zahl. Nichts geschah über drei Dekaden – der Apokalypse harre ich denn, die vielleicht nie kommen mag während meiner Zeit in diesem entrückten All.

Auf und ab ging ich den Korridor, voll der Überzeugung, daß zu bewerkstelligen ich hatte ein wichtig' Ding, doch verschloß den Sinnen sich das Gedächtnis. Erst Stunden später kehrte zurück die vormalige Absicht zum Gedankengut: minder hatte gearbeitet das Gehör seit einiger Zeit, so daß dringlichst der Reinigung bedurften seine verstopften Kanäle! Listen kritzelt nieder der Greis, um nicht zu vergessen, was zu leisten er gedenkt in des Tages gefühlter Kürze. Bald tue gleich ich es ihm. Wenn nur ein Barmherziger mich erlöst, sofern meines eigenen Namens ich nicht entsinne mich mehr!

Des Schleiers Hüllen gaffe benommen ich an. Noch friert mich nicht, da hier ich weile in Vorfreude auf Amatas Kommen. Schätzt meinen Zustand richtig sie ein, wird die Leviten sie lesen mir! Wäre durchsetzt mein Naturell mit Gleichgültigkeit, jagte ohne Verzug von dannen ich sie, hingegen zu teuer ist sie mir sowie ihre Gesellschaft. Meines Verstandes Klarheit werde dessentwegen ihr vorzugaukeln ich bestens verstehen, nicht zuletzt da ihre eigenen Belange sie beschäftigen über Gebühr.

Zu etwas späterer Stunde gelangte ich zu selbem Orte wie des Tags zuvor. Ebenso verschob ihren Einzug die Flut offenbar: in winzigen Wogen verschwindet gemächlich der beharrliche Fels. Vorüber flanierte eine feiste Maid, so daß ich zögerte, zum Munde zu führen die Flasche. Gestattet sei wohl dies eigentlich mir auf des beweglichen privaten Grundes hiesiger Flanke! Trotzdem hätte sicherlich sie geglotzt, wenn ins Visier gekommen ich ihr wäre. Ihrer Einsamkeit Ursache erschließt dem Voyeur sich aus des Leibes Gestalt. Auf der Suche könnte so sie sein nach leerem Ziele. In ihrem Traume wird angesprochen sie schon gleich zu ihres kleinen Ausfluges Beginn. Offen stünde dem Unbekannten ihr Schoß – konkret haftet in ihrer Vorstellung Kraft der Kerl. Flüchtig blickte sogar gerade sie mich an; allein: nicht der Schablone entsprach ich, die angelegt sie hatte in regem Gemüte.

Unschlüssig, was zu tun sei, stand hernach ich mitten in der Kammer – so manches Mal erschwert Entscheidungen einem die Muße. Der Würfel jedoch fiel zugunsten der Welt: hinaus zu ihr, da hemmungslos dort beobachten ich darf! Und gleich näherten Landsleute sich mir. Der Mutter Trompetensopran erklang, als in Aussicht sie stellte dem Nachwuchse den Verzehr von Nüssen. In Grenzen hielten ihre Begeisterung die Kleinen und nahmen wahr das Angebot, obgleich nicht decken sie konnten ihren Bedarf an Süßem mit jenen Früchten. Aus typischen Jacken zwängten sie sich und verschwanden im Nu. Mittlerweile wandelte abermalig vorüber ein üppig' Becken am Geländer entlang. So wieder sie kehrt, möchte gar als Aufforderung man es verstehen, da nur halb zur Seite sie richtete den Blick, als ob zaghaft Interesse sie bekundete hinter verschränkten Armen. Nichts gäbe zu zeihen es ohne sie alle: erneut eine andere! In ihrer Gebärerin Begleitung tapst ungeschickt daher sie mit Füßen, die nach innen weisen an den Zehen. Auf der unteren Lippe liegen auf der Zähne zwei, so daß ein Kuß sich zeigte als größte Gefahr für eines Liebhabers Zunge. Kurz präsentierte eine Hübschere sich; allein: brutalst führte mein eigenes Alter sie vor Augen mir, da in ihrer Söhne Begleitung sie war! Phrasen fabuliere ich, als drückte die Schulbank ich noch! Nicht im Einklang mit dem Leibe reifte das Gemüt!

Schweigend über den Steig huschte gerade eine seltsame Triade – Hand in Hand die Mägde voran. In den Taschen vergraben hielt seine Finger der Bursche, der überflüssig gefühlt haben sich müßte in dem Gespanne, da von ihrem Vorhaben ihm berichteten die beiden jungen Frauen. Seinen Verstand erreichte nicht die versteckte Nachricht, weshalb vergebens zu ihnen er gesellte sich. Nie wird gelingen es ihm zu durchbrechen der Verirrten Zweisamkeit. Besser hätte durchaus daran er getan, dem Studium sich zu widmen der trockenen Lektüre, welche mit sich er schleppt unter seiner rechten Achsel. Aufzuschieben gedenke auch ich die Vertiefung in ein Werk, auf das einst ich hielt große Stücke. Meine Skepsis verstärkte es in Bezug auf der Gesellschaft Darstellung von Legenden als tatsächlich Geschehenem. Seitdem prägte meiner Vernunft Kritik in einem Maße sich aus, daß nun geradezu harmlos wirkt jene Abhandlung mit ihren Postulaten. Feige wurden die Wissenschaftler, als darum es ging auszusprechen Wahrheiten delikater Natur. An gesicherter Erkenntnis Vieles bleibt so verborgen hinter der Bibliotheken undurchdringlichen Gittern.

In Ungnade fällt der ewig Trotzige, bis schließlich völlig er verstummt. Einzig des Weiblichen Anblick vermag noch, ihn zu erfreuen in dieser Welt. In die gierigen Nüstern kriecht ihm ihr Duft. Noch harrt der Erleichterung er an heutigem Tage. Da lacht auf sein gehorsames Weib, das aus der Ferne er brachte und nun zustimmend ihm offenbart die Scham hinterrücks. Dem zu widerstehen, gelang noch nie ihm und so auch nicht jetzt. Zart versinkt in Wollust für immer er mit seinem Willen. Des Aktes stets wiederkehrend' Bild entrückt den Verstand ihm und die Vernunft. Nicht entschieden ist noch solcher Kampf zwischen Lebenstrieb und sprachlichem Gewissen. Einsperren werden sie mich dereinst ob derartig dokumentierter Gedanken sowie vielleicht auch vollzogener Taten. So kränkelt eben der alternde Verstand. Unter einseitigem Ideengute leidet er, das zu zerschmettern ihn droht. Nicht erträglicher wird es ihm, so wieder und wieder bares, frisches Fleisch er erspäht tausendfach. Auszugleichen hat jene Last die Geliebte. Der Ablenkung wahrliche Meisterin ist sie, die Hehre, doch nicht zuletzt durch diese, ihre Kunst sitzt die Zeit nun im Nacken mir. Träges Denken wird zudem schwerlich schnell gebracht aufs Pergament. Der Knoten im Haupte will nicht lösen sich lassen. Ein Bad in lauen, salzigen Wassern stünde gut zu Gesichte mir dessentwegen: im Nasse schwebte der Rumpf, bis unversehens an ihn stieße ein anderer Leib, bewegt durch leise Strömung. Des sanften Impetus' Richtung nähme hernach er an und glitte dahin wie in des Alls schwerelosem Vakuum. Wacker sich hielte über den Wellchen mein Antlitz, so daß weiterhin zu atmen erlaubt mir wäre. Solange die Lunge nicht versagt ihre Dienste mir, wage auszusprechen ich, was an Gedanken lodert in meinem Innersten, werde auch noch so sehr dafür ich geächtet.

Stets verlachen den infantilen Narren sic. Weshalb sollte anders es sich verhalten dieses Mal?

Verspätet wird eintreffen die Sendung. Wohl hörte aus diesem Grunde ich noch nichts von den Kameraden.

Des Schaumes Blasen zerplatzen genau im Nu, wenn des Spektrums schönste Breite wider sie spiegeln – so auch die Spekulationen, welche erwartbar ruinierte ein Haufen mentaler Trümmer. Erstarrt hemmt die Menschen am Durchgange er zunächst. Zu Boden stiere vorläufig ich, bis zögernd weiter er schlürft, fern genug, damit fortgesetzt ihn observieren ich kann. Ansprache verlangt von einer Maschine er, welche ihm zufolge sich weigert anzunehmen sein spärlich' Hab und Gut, das kaum zu sortieren ihm gelingt in trunkener Tollpatschigkeit. Meinen Blick attrahiert der Situation Peinlichkeit, damit letztendlich zu verurteilen ich vermag den Protagonisten, der nicht dies verdient.

Zu eilig widmete der Maniküre ich mich, so daß später die Quittung ich erhielt, als eifrig am Cuticulum ich nagte und folglich spontan das leibliche Rot die hinterlassene Furche schwemmte. Gerinnen wird die Flut, eine dunkle Spur bleibt zurück, welche schwer nur zu entfernen ist.

Schwerfällig quält zur Seite sich der grüne Rahmen, um schleppend Einlaß zu gewähren den mürrischen Reisenden. Nach oben zur Schranke starren verwundert die meisten.

Des Äthers Zug, der um die Waden mir streicht, verlor ein wenig an winterlicher Frische. In des vormaligen Tümpels Tiefen befinde ich mich hier. Ertränkter Hexen Leichname verseuchen die Ideen mir.

Schroff mahnten der Ordnung Hüter den betäubten Wiederkehrer. Benommen wankt im Stehen er mit dem ominösen Becher in der Hand. Weshalb stellt nicht in Frage er, ob des Daseins Berechtigung er noch besitzt? Ego mensura gelte auch in diesem Falle: so niemand mehr bekunde Interesse an meiner Existenz, sei Zeit es für mich zu beenden meiner Sinne Tätigkeit! Des stillen, schmerzlosen Schlusses Schwierigkeit bleibt – die Garantie, herbeiführen zu können tatsächlich dies Finale mit eigener Hand und angenehm! Den Leib möchte nicht verletzen müssen ich mir, um jenes Ziel zu erreichen. Unverständig blickte in solchem Falle Amata ins Auge mir, da stets aufs Neue sich aufplüstert ihre Furcht vor des ultimativen Dunkels Nu. Das schöne Leben, das bislang sie führte, wird nichtig ihr in des Sensenmannes Angesicht. Das Visier verschleiert mit eitler Hoffnung sie, daß immer noch Besseres weile auf dem

Wege, der noch zurückzulegen sei. Auf der Sentimentalität Promenade flanierte ihre Mutter, der so manch' Gefühl aufgewühlt ward dadurch. In guten Händen fand sie vor das einst mit eigener Kraft Geschaffene, so daß nie bereuen sie muß jene Walz zu früherem Dasein. Doch was heißt Reue hier? Keine Rolle spielt der Moment vor dem Ende im Augenblick danach: ob ich abdanke als unerfahr'ner Dreikäsehoch oder erfüllter Methusalem – wen kümmert in hundert Jahren es? Der Nu, auf den hin wir arbeiten, ist Vergangenheit, sobald er geschieht: zum Wunder ward das Tempus, so noch nicht in Massen preis es uns gab der Umnachtung!

Munter wuseln weiter die menschlichen Ameisen, ohne zu teilen die Tugenden des tatsächlichen Insekts. Den Vergleich jedoch rechtfertigt die Anzahl allein. In der Millionen Haufen trägt jedes Individuum, so sagt man, zum Ganzen bei, ohne daß bemerkbar machte sich dies im Einzelnen. So verhält rücksichtslos egoistisch sich denn die menschliche Ameise, als ob die anderen es nicht gäbe, auf welche dennoch sie angewiesen ist im Widerspruche. Ihre fordernde Haltung verätzt meines Verstandes Epidermis wie des wirklichen Krabblers Verteidigungssekret. In ihrem Antlitze zeichnet stupide sich ab das angebliche Vergnügen, dem hin sie sich gibt. Vermeintliche Freunde traf sie zu betäubendem gemeinsamen Trank, um besinnungslos zu rütteln hernach den vernunftlosen Leib zu monotonem Rhythmus einfallslosen Geplärres aus verwöhntem Maule. Zur verschwenderischen Glücksritterin formten sie des vorgegaukelten Perpetuum Mobiles Priester, die eifrig schrauben am kollabierenden Wachstum ohne Ende. Bricht dereinst zusammen es, wird sie, die stupide menschliche Ameise, zuallererst es sein, die uneingeschränkt Gefolgschaft schwört dem Tyrannen, der ihr verspricht aufzuräumen mit dem betrügerischen Gesindel, das unreflektiert sie nährte selbst zuvor.

Einen Krampf beschwor herauf der Gedanke im Bein. Nicht verschwinden will nun der Spasmus, der dazu mich zwingt, den entsprechenden Muskel zu strecken. Des Verstandes Belebung mißlang auf diese Weise mir an diesem Morgen, da wenig angeregt er ward durch die Umgebung ohnehin. Den Festtag bemerkt eher man in solch kleinem Gaue, da der Infanten Geschrei zurückhallt von leeren Wänden. Feige halte den Befehl an die Mütter ich zurück in meinen Windungen, daß mit harten Schlägen sie sorgen sollten für Ruhe, die verdiente der Denker, damit rascher seine Lehren retten könnten die Verlorenen ihresgleichen.

An meiner Flanke versiegte in gefülltem Becher der Dampf. Seine Hitze verbrauchte mein Zorn. Des Trankes Neige beruhigt das Gewissen mir, da zu lange bereits verweilte ich an diesem Orte ohne Konsum. Viel hingegen kostete mich das erworbene Gut, so daß wohl eine Weile noch gestattet es mir sei auszuruhen auf dem bequemen Sessel. Der Zeitung von erbrachtem Dienste harre ich, kalkuliere, was tun ich sollte bis dahin während illusorischer Zeit. Nicht eingehender Betrachtung lohnen der nächsten Nähe Leiber, so daß nichts anderes mir bleibt als aufzubrechen. Jeden Schritt setze alsdann bewußt ich vor den letzten, bis abermals zum Ziele ich gelange verfrüht.

Ein wenig nur verbesserte sich der Maid Gebaren während meiner Präsenz. Verlegen raschelte mit dem Büschel sie herum. Fadenscheinige Erklärungen folgten, welche ich, diplomatisch schweigend, zur Kenntnis nahm. Nicht immer klüger ist im Nachhinein man: umsonst hatte zu des kleinen Mangels Überprüfung ich gebeten, von der insgeheim wissend kein Ergebnis ich mir versprach ohnehin. Frohen Mutes zog von dannen ich, genoß hernach die Fahrt in des blechernen Käfigs Einsamkeit.

Tang überwuchert das spröde Gestein, welches schnell trocknet in frischem Ost. Eifrig der Gezeiten Sequenz studierte ich, und dennoch umgehend des neuen Mondes Tag ich vergaß, der so wichtig ist, um korrekt zu berechnen, wann zurück denn kehren die hohen Wellen. Überwältigt ward meine Erinnerung von schwarzen Nudeln, die aus dem Gewächse vor meinen Augen man gewann. Weniger schwillt an der Bauch nach ihrem Verzehre, denn in Folge dessen ihrer weißen Äquivalente aus tatsächlichem Teige, mit denen am Abend wir uns nährten, so daß prompt entlarvte meines Gewichtes Meßgerät jene Sünde sowie weitere, hervorgerufen durch süßer Köstlichkeiten beträchtliche Mengen, an folgendem Morgen. Jeglicher Handgriff bei des Festmahles Zubereitung ward bestimmt von Gewohnheit: roh klebten aneinander die weißen Ringe, die voneinander zu separieren als erste Pflicht ich sah, bei welcher sich verletzten manche von ihnen und sodann preisgaben ihren Inhalt. Wenig irritierte solch Mißgeschick mein weiteres Tun hingegen, da zum Kochen brachte der Herd das Lebenselixier. In die Blasen, die dieses aufbegehrend spuckte ob der Hitze, ergoß kühlend ich die Ringe. Still ward kurz des Liquiden Oberfläche, obgleich subtil vernehmbar es noch brodelte. Die Flamme entzog abrupt ich dem Topfe, aber dennoch schwappte über der Schaum nach Kurzem. Häßliche Ränder zeichnete auf vormals glänzendem Chrome er. Beinahe geschwinder plüsterten sich auf die Ringe, als mir zu reinigen gelang den verkrusteten Rückstand. Zum Schutze streifte Polster über die Hände ich, damit ja nicht verbrühte deren Haut, so ab ich goß des Topfes Gut. Dampf drang unters Hemd mir, als fast senkrecht das Behältnis über die

Kühle ich drehte und mein Spiegelbild verschwand am Metall unter nebligem Hauche zur selben Zeit. Zurück zu seinem angestammten Male trug dann den flachen Zylinder bei seinen Henkeln ich, damit wohl die Würze ergießen ich konnte über die Ringe. Hektisch rührte unverzüglich ich in blutigem Gemische, welches alsbald triumphierend ich kredenzte als des Abends Mahl, dessen Einverleibung kaum weniger lange währte denn seines Bereitens Dauer. Dies sei das Ideal! Nie werde verschwendet mein Dasein durch der Verköstigung selbstauferlegte, überflüssige Mühen!

Umsonst ward beunruhigt das Gewissen, da spät und träge eintrafen beide Repliken: der Insel, die gerne selbst ich wäre, droht Überflutung. Zaghaft ragt über die Wogen dies winzig' Stück Land. Durchnäßt formt dort der Sand sich gemäß der Schritte, die ihn begehen. Ich erkenne Menschen, Freunde gar! Sobald ein einziger auch nur in Erscheinung tritt von ihnen, wird beschwert das fragile Eiland mit seinem Gewichte. Es schwänden meine Kräfte, sofern sich böte die Aussicht mir zu entlassen diesen inneren Staat, rundum eingeschlossen von des Lebens Elixier, in seine absolute Unabhängigkeit! Ganz allein vermag nur selten gestellt ich zu sein auf mich und nur mich: als Vollkommenheit lockt so des Ewigen Idyll, das, bar jeglicher Wahrscheinlichkeit, manches Mal umgarnt meine dafür empfänglichen Sinne.

In der Spinne Netz zappelt also mein lebendiger Kadaver, attrahiert mit seinem menschlichen Gestanke das monströse Insekt. Lüstern glitzern entgegen mir dessen Facetten, bis in meinen Nacken sich bohrt der reißende Zahn.

Der Gedanken Fluß staute auf eine Konversation: am entgegengesetzten Ufer stand der Rufer, obgleich schwer es fällt zu glauben dies! Der Antizipation entspricht mitnichten sein Gehabe! So ertappte etwa einstweilen ich bei der Peinlichkeit mich nachzugaffen einer hübschen Maid, während mit ihm ich sprach. Ihres oberen Rumpfes Umfang maß mit meinen Blicken ich genauer und beging eine Unhöflichkeit damit dem unerwarteten Besucher gegenüber, der zu genießen kam hierher seine spärlich freien Stunden.

Suspekte Gestalten mit wuchernd dunklen Bärten verpesteten den hörbaren Äther durch ihrer Rachen reibende Laute, als zu gewohntem Orte ich mich begab. So ihr Trachten dem intuitiv vorhandenen Urteile entspricht, stehe weit genug abseits ich von ihnen, damit knapp vermutlich dem gewaltsamen Ende ich entränne, so mein Gedanke, den weiter ich führte, wie folgt: Auf Kommando könnten sie zerren an zündendem Strang, so daß in Fetzen flöge ihr fauliges Fleisch. Wohlgesonnen sind normalerweise sie mir, wann immer das zweifelhafte Vergnügen meinem Widerwillen man bereitet, sich abgeben zu müssen mit ihnen. Gleich den Entrückten suchen meine Nähe sie geradezu und bürsten das Gemüt mir mit ihrem satanischen Gesichtsbewuchse, denn meist sind die Unangenehmeren von ihnen es, die Sympathien hegen für mich.

Ein Kletterer klimpert aufdringlich vor Kopf mit eisernen Schnallen, die eng um seinen voluminösen Rumpf gebunden er sich hat. Gehaltvollen Kraftstoff nimmt er auf, damit nicht vom Gerüst er falle in einem Anfluge von Schwäche.

Verhallt sind nun die Gutturale, welche genötigt mich hatten zu betrügen die Gewohnheit, doch modert dort, wo aufdringlich sie tanzten, ein Alter jetzt mit seinem filzigen Haare. Die letzten Münzen erwarben das Recht ihm, einen Sitz zu verseuchen so nah an verwöhnten Nüstern. Bald bereits werde an seiner Statt ich siechen in Ratlosigkeit, wie geschwinder herbeizuführen sei der Abend. Den kaninen Instinkt, an ihm zu heben ein Bein, ward geweckt vom Dunste, der streng entströmt seinen verstopften Poren. Noch muß dazu im Gegensatze gepflegt sein mein Äußeres, was würdig wirken könnte zu potentieller Paarung: so behandelt auch besser mich neuestens die Rote Magd, die einzig dann zu bezeichnen ist als "leicht", so an ihres Nebenerwerbs Natur man denkt. Ihres Verhaltens Wandel warnte mich und schmeichelte meinem Gemüte zugleich. Ähnlich gestaltet offenbar sich des sogenannten Verliebens Prozeß, da zwei Menschen im Laufe der Zeit in anderem Lichte gegenseitig sich sehen. Trug bloßen Glitzertand am Gelenke sie, oder waren Juwelen es etwa, die ihre weiße Haut da zierten? Ein zaghaf-

tes Lächeln deutete in ihrem Antlitze sich
an, als prüfend die Halle durchschweifte
mein Auge, ob noch frei sei einer der Plätze, die als mein Eigen wahlweise ich erachte. Als Schönheit gälte sie wohl nirgendwo,
jedoch hilft ihr des Lenzes Äther, der reg-
sam macht des Mannes Schoß, sobald in
Aussicht steht ein leicht sich bietender Akt.
Wenig stört da der Haken unter ihrer Stirn.
Als eines gesunden Intellektes Zeichen
weisen die Füße ihr nach außen bei kurzem
Schritte. Hinfort trippelt nippend am Becher sie – mit Hilfe nichtig winziger Ge-
sten, die angeboren sind der Weiblichkeit,
versteht in den Wahnsinn sie zu treiben
einen Balzenden.

Über ihrer eigenen Zehen Spitzen stol-
pert beinahe nun eine andere: wie so viele,
ward auch sie falsch in die Wiege gelegt
von der Mutter; dies sei die einzige Ent-
schuldigung für den so weitreichend bei
Mägden verbreiteten Troglodytengang!

Des Schmerzes Antizipation meldete
von unten nach ganz oben ein behorntes
Glied einstweilen, weil offenbar nicht sorgfältig genug der selbsternannte Künstler
gegangen war zu Werke bei des Bogens fei-

lender Gestaltung, während blitzartig er sich ausmalte eine seltsame Zukunft beim Gespräche mit jener, welche aufwies seiner ungeborenen Tochter Alter. Als störend' Beiwerk stand daneben die Mutter, die selbst zur Hauptperson in dem kleinen Zirkel auserkoren sich sah. Seine Aufmerksamkeit schenkte der Künstler allein der Jungen hingegen, deren knusprige Sprossen ihm neckten den Schoß über Gebühr. Ihre Herkunft hätte sicherlich gesorgt für die notwendigen Mittel ihm, zumal das Elternhaus seinem Talente zugestände eine großzügige Rente als Entlohnung dafür, dem Kinde ausschließlich männlichen Nachwuchs zu zeugen. Jener frischen Magd Wesen gestattete nicht das Gebären von Töchtern, so daß dem Künstler praktisch ward geschenkt das Spiel. Drei Söhne also brächten sie zustand', die sämtlich er zu formen vermochte in seiner regen Phantasie.

Sie hätten alle mich verurteilt als der Jugend Verführer anno dazumal! Wenn weich noch ist das Wachs, läßt leicht sich prägen ein Stempel darin – nicht zu früh jedoch darf zurückgezogen er werden, ansonsten die klaren Linien verschwimmen, die er gestaltete: mit fester Hand drücke auf die zähe, heiße Flüssigkeit man ihn und führe des Atems kühlenden Äther den Rändern zu mit gespitztem Munde. So zu lange man verharrt auf diese Weise, verklebt der Stempel mit dem Wachse, das radikal gefangen hält hernach den Präger. Es stirbt die krampfhafte Metapher, da zur Neige gehen die Analogien.

Zum hundertsten Male ward aufgekocht der alte Brei, als mir überreichte die exotische Maid den Pokal, gewirkt aus verstärktem Pergamente. In künstlichem Lichte glitzerte ihr dunkles Haar. Ihres Antlitzes Züge drängten den Vergleich mir auf, wenngleich um vieles begehrenswerter sie ist als die einst Umworbene. Knöpfe aus Perlen zieren ihre Läppchen. Keine Anfängerin ist sie, zumal flink die Handgriffe gelingen ihr. Meinen Gaumen kitzelt wohlig jetzt ihre Gabe. Satanische Gelüste, die nicht spüren sie läßt den Auserwählten, versteckt hinter ihres Gesichtes Finsternis sie. Der Unbekannten Qualen besänftigen ihr Gemüt. Die schimmernden Strähnen durchzieht der Kamm, ohne daß Widerstand sie leisten ihm, den gefühlvoll in der Faust sie führt. Später rutschen vereinzelt aus dem Bande sie, welches rund herum gewickelt sie hatte: die dünneren sind es, die vermehrte Anstrengung erfordern, um im Zaume zu halten sie, und die folglich auf die Wangen ihr fallen. Hastig klemmt selbige mit aus Ärger gerunzelter Stirn sie hinters Ohr. Den ihrigen ähneln meine Manierismen, welche vonnöten ich erachte, seitdem des Hauptes Tracht erlangte ein gewisses Volumen, dessen wogige Glätte unverzüglich zerzaust der kühl auffrischende Ost.

Gerade schritt zum Nasse ich hinab, damit das Beinkleid ich befeuchten mir könne: hartnäckige Flecken verursachte das dunkle Süß, welches gierig verschlungen ich hatte und mit dadurch entstandenem schwarzen Geflöck des Zwirnes Täler verschmutzte. Hätte ohne zu kennen den Zusammenhang ein Unbekannter beobachtet solcherlei Handeln, wäre mit Berechtigung in den Sinn ihm gekommen der Verdacht, daß obszöne Taten an mir selbst ich dort vollbrachte. Fast verschwunden sind hingegen nun des Verzehrs abscheuliche Spuren. Mit ihnen ging mutmaßlich ebenso verloren mir des Fabulierens Leichtigkeit. Träge kreist nämlich um des Tages jüngste Zeitung der Verstand; die Macht jenseits des westlichen Weltenwassers vermag stetig zu betrüben das Gemüt mit gewiefter Ignoranz: nach des Verbrechers Beseitigung sei ein besserer Ort die Welt, so hetzt beständig die blind rachelüsterne Nation. Sie aber in ihrer Gänze ist es, ohne die auf ewig glücklich sein wir könnten! Senile Aggression ersetzt ihr Denken, das demzufolge nicht verdient jenen Namen. Auf die Lippen zu beißen mir, bin also gezwungen ich, so einer ihrer Bürger zu verstricken mich gedenkt in einen Disput um staatliche Belange. Ich denke: einen Vorteil wäre beschieden der Welt, wenn dich es nicht gäbe! Ich sage: ein bewertendes Wort zu solchem Sachverhalte sei nicht gestattet mir zu äußern!

Einmal unternahm sogar den Versuch ich, kund zu tun meine Meinung, doch als großes Glück darf werten ich es hier, daß nicht man exekutierte mich nach des Standes Recht! Rote Nacken, wie ihre einheimische Zunge besagt, besitzen dort sie allenthalben. Systematische Agitation verstand abzurichten sie wie gelehrige Hunde, die mittlerweile nicht nur bellen mehr, sondern bereits blecken ihre blutrünstigen Hauer, bis diese reißen der harmlosen Friedliebenden weiches Fleisch alsbald. Den Wellen, so ihre Behauptung, übergaben des Frevlers Leichnam sie: schuldig blieben folglich sie den Beweis für ihre Tat – ein qualvoll langsames Ende nahm vermutlich ihr Opfer, das nach seiner Behandlung nicht mehr diente als taugliche Trophäe für ein halbwegs denkendes Auditorium. Es entspräche nicht ihrer böswilligen Natur, so dem Rebellen ein kurzes, schmerzloses Ende bereitet sie hätten. Hüten werden davor sie sich, erzählen zu lassen die verletzte Gemahlin, was wirklich geschah in jenem Raum.

Allmählich deutet an ein dunstig' Schleier die Unbeständigkeit, auf welche ausnahmslos ist Verlaß. Im Nacken steckt obendrein mir ein stechender Schmerz, für den keinerlei Erklärung es gibt. Eilig erledigte erneut ich eine lästige Pflicht, wobei widerfahren mir sein muß ein leibliches Mißgeschick, das jetzt daran hindert den

Hedonisten, schwungvoll sein Haupt zu wenden gen Ost, wo wandeln der Promenade Schönheiten, die ewig existieren in seiner Phantasie. Weshalb ignoriert die nicht einsamen Exemplare er?

Man vergaß zu löschen die Lampe an der Mole – in des Tages Helligkeit blieb unbeachtet sie, in nebliger Nacht wird gänzlich verschwinden ihr schummeriges Licht. Leichtes Spiel gewährt dem Meuchler auf diese Weise die schlechte Sicht – keinen Gedanken fasse ich, ohne daß der Gewalt beliebige Variation er enthalte: langweilig ist der Friede! Repetitio ad infinitum!

In der Flut die Boje wippt. Weiter angepeitscht ward das steigende Gewoge von stürmischem Ost. Wie eine Klage klang es, die ich vernahm aus des Fischers Munde, der nicht auszufahren vermochte sein Boot mit der Knoten steter Zahl. Nie sah die Kutter ich den Hafen verlassen; leer bleiben immer die Käscher, die da stehen und stinken! So jemals meine Trägheit ich überwinde, sei einmal früh genug ich hier, um zu ertappen sie auf frischer Tat, falls sie nachgehen ihrer Berufung in der Realität.

Jubiliert jemals der Gärtner, den einzig unzufrieden ich kenne mit vorherrschender Witterung? Der Erfahrung widersprechend, vertrocknete die Beete dem ewig Jammernden der strahlende Stern über längere Frist. Wenn demnächst die Flure flutet das himmlische Naß, bringen die umgekehrte Beschwerde vor die Bauern. Kaum anders verhält mit mir es sich: was nicht ich besitze, begehre ich! Sobald ein Ding ich mache zu meinem Eigentume, verliert an Faszination es für mich! Sprache schürt Verlangen! Seinen Nächsten imitiert ein jeder mit Eifer im Erwerb. Vermögen wandelt so zu einer Bürde sich: verwaltet will es sein, was schwerste Mühen nach sich zieht mitunter.

Mammon nötigte mich auch abzuweichen von der Gewohnheit, obgleich sicher dies nicht stellte, daß hervorging daraus das Gewünschte. Momente, welche ansonsten selbst gewidmet ich hätte mir, verschwendete aus Gewinnsucht ich, da eine ominöse Behörde ich aufsuchte in der Hoffnung zu erhalten den angestrebten Zins. Zu früh stand selbstredend vor der Pforte ich und rüttelte an deren Knauf. Geduld, mahnte freundlich hinter ihr der verspätete Mensch. Als unangenehm erwies die Botschaft sich, die bei ihm ein ich holte. An meiner Existenz zweifeln die Wucherer, verwerfen als wertlose Abschrift gar das offizielle Dokument, welches ihnen gesandt ich hatte. Mich suhlend im Grolle darob, verbrachte die folgenden Stunden ich grübelnd, wie heimzuzahlen ihnen sei solche Schändlichkeit. Zu keinem anderen Ergebnisse gelangte ich, als nochmals hinzunehmen die Demütigung, zumal ja ich es war, der etwas wollte, das feil sie boten. Meinen ohnehin gedrängten Abend überfüllte die Replik sodann. Rasch waren Pflichten zu erledigen, so daß vernachlässigt ward die Perfektion. Zurück warf zudem mich des Freundes Kritik in meinem Unterfangen. Ohne Verzug ihm zu erwidern, war das innere Bedürfnis. Über des Geschriebenen Rechtfertigung schwitzte also ich in gekränktem Stolze. Erkannt ward wohl, daß einzig mir das Opus galt, weshalb keinerlei Rücksichten zu nehmen sind fürderhin. Kommen wird denn der Tag, an welchem in meinem bequemen Sitze ich verharre und ignoriere den wiederkehrenden Termin. Wenn sodann sie versuchen zu treten in Kontakt mit mir, verwehre dem mit stumpfem Blicke auf des Umfelds reges Treiben ich mich. Wäre denkbar daraufhin, daß einem käme die Idee aufzusuchen mich? Mit fragendem Auge näherte mir er sich. Durch ihn hindurch sähe ich, als wäre gewirkt er aus Glas. Vergebens spräche er mich an: in meiner Wahrnehmung hätte kein Dasein er mehr, so daß ratlos von dannen er zöge.

Hilfe naht da: es eilen herbei muskulöse Monster mit breiten Schultern! Unsanft packen in die weiße Jacke sie den Wehrlosen, dessen Arme hinterrücks sie vergurten miteinander.

Dort scheint mein Platz zu sein: inmitten hysterischen Geschreis aus den Mäulern rhythmisch hin- und herwiegender Leiber, bewohnt von entrückten Gemütern.

Glück muß nennen ich es, daß aus grossem Fenster schauen ich darf die wahre Welt! Fest schlafen geöffnete Augen da in der Gewißheit, erreicht zu haben das Ziel.

Foto: !az¡-images (Annette Zimmermann)

Der Autor

Ralph A. Hartmann wurde 1966 an einem heißen Spätseptemberabend in Leutkirch (Allgäu) geboren.
Seine Veröffentlichungen umfassen deutsche und englische Prosa, Lyrik wie auch akademische Schriften.
Seit 2002 lebt und arbeitet er in Schottlands Hauptstadt Edinburgh.